外国文学研究丛书

困境、反抗与回归

D.H.劳伦斯小说中的身体研究

王爱素 著

Dilemmas, Resistance, and Return:
A Study of Body in
D. H. Lawrence's Novels

ZHEJIANG UNIVERSITY PRESS
浙江大学出版社
·杭州·

图书在版编目（CIP）数据

困境、反抗与回归：D.H.劳伦斯小说中的身体研究 /
王爱素著 . —杭州：浙江大学出版社，2022.11
　ISBN 978-7-308-23197-8

　Ⅰ．①困… Ⅱ．①王… Ⅲ．①劳伦斯（Lawrence,
David Herbert 1885-1930）—小说研究 Ⅳ．① I561.074

　中国版本图书馆 CIP 数据核字（2022）第 198637 号

困境、反抗与回归：D.H.劳伦斯小说中的身体研究

王爱素　著

策　　划	董　唯
责任编辑	董　唯
责任校对	田　慧
封面设计	周　灵
出版发行	浙江大学出版社
	（杭州市天目山路148号　　邮政编码　310007）
	（网址：http://www.zjupress.com）
排　　版	杭州林智广告有限公司
印　　刷	广东虎彩云印刷有限公司绍兴分公司
开　　本	710mm×1000mm　1/16
印　　张	12.25
字　　数	200千
版 印 次	2022年11月第1版　2022年11月第1次印刷
书　　号	ISBN 978-7-308-23197-8
定　　价	48.00元

序　言

　　王爱素的学术专著《困境、反抗与回归：D. H. 劳伦斯小说中的身体研究》是她在博士论文的基础上拓展和完善的研究成果。这是她近年来劳伦斯研究的阶段性成果和推进英国现代主义研究的结晶。

　　王爱素这部专著从伦理、欲望、权力、精神和两性关系等多重视角切入，综合剖析了劳伦斯的《逾矩的罪人》《白孔雀》《彩虹》《恋爱中的女人》和《查泰莱夫人的情人》等五部小说中的身体书写，解读了小说中身体的伦理问题、欲望表现、身体与权力的关系、身体与精神的离与合，以及身体在两性关系中的失调与复苏等，探究了劳伦斯面对这些问题时的态度和提出的解决方法，阐明了他的身体理念，以及他试图摆脱身体困境、用身体表达生命的途径。该专著通过劳伦斯身体研究，探讨了身体的自然属性、社会属性、文化属性、精神属性和情感属性，对进一步研究英国现代主义作家的身体观具有一定的启示。

　　该书有以下三方面的价值，值得向读者推介。

　　一是其研究视野开阔，有深入的分析。该书在西方身体理论的发展史中探讨和归纳了劳伦斯的身体理念及其在西方身体史中的位置，从社会道德、欲望文化、社会权力、理智精神、情感等多个方面论述了劳伦斯小说中的身体内涵及价值。

　　二是其研究方法有一定的创新性。该书采用跨学科研究方法，尝试从社会学、心理学、文化学等学科出发，对劳伦斯的身体理念做了整体研究；

从身体的社会性、文化性、政治性、精神性和情感性等多个角度切入，考察并论析了身体困境、身体解放等问题；从小说文本出发，阐明了劳伦斯批判工业社会对身体的剥削和压抑，提倡以身体为本的思想。

三是其研究有一定的学理性。该书以劳伦斯的身体理念观照处于身体狂欢社会中的人类，探讨了人们面临的身体与伦理、身体与消费、身体与权力监控、身体与生死、身体与两性关系等问题，为人们正确看待身体，以身体表达生命、体现生命本质提供了启发。

王爱素花费六年时间整理文献，解读作品，撰写书稿，完成了这部专著，体现了年轻人的勇气和坚持，令人欣慰。作为她的导师，我很高兴将这部专著推介给读者，期待她在今后的工作中，在劳伦斯研究和英国现代主义文学研究中取得更大的成果。是为序！

高 奋

2022 年 10 月

前　言

自 19 世纪尼采的身体哲学诞生以来，身体书写逐渐成为西方文化建构的一项重要传统。但工业革命兴起以后，在英国社会，身体呈现出来的是一台被异化的机器的形态，再加上维多利亚时期以来，人们对身体讳莫如深，"身体"一度令人感到迷惘而不知所往。劳伦斯深受尼采等人的影响，继承了"一切从身体出发"的理念，深入批判了工业革命兴起以来直至 20 世纪资本社会对人身体的压抑和剥削。

而我对劳伦斯研究的兴趣则源自 2016—2017 学年在浙江大学跟随高奋教授访学之时。彼时，在每个月的组会上，大家畅所欲言，碰撞出思维的火花，而我在高老师的鼓励和支持下，逐渐对劳伦斯及其作品产生了浓厚的兴趣。我在读劳伦斯的散文《爱情》时，热泪盈眶；在读他的小说《彩虹》时，心潮澎湃。而后再读他的传记时，我仿佛感觉冥冥之中，我在与之同呼吸，共命运。从此我就迷上了劳伦斯的一切，并积极阅读文献，整理读书笔记，试图从生命哲学视角切入劳伦斯作品研究。2018 年秋，我考入浙江大学读博，仍然跟着高奋教授继续劳伦斯研究。在持续的研究和进一步的思考中，我发现劳伦斯作为一位非常虔诚的艺术家，他意识到身体问题在于人对身体的认知不足，而他善于呈现身体原本的样子，让身体爆发出其自身的能量。至此，我确定了研究课题"劳伦斯小说的身体研究"，并在高老师的悉心指导下，顺利完成了博士论文。随后，本书也逐渐成型。

劳伦斯是英国现代主义文学的代表人物之一，他的小说创作以工业文明为背景，聚焦人的身体、人的本性，融入了他对世界、对社会的哲学思考，彰显了现代主义文学的本质，揭示生存异化，对抗虚无主义，探索本真存在，寻找精神家园。本书旨在探讨劳伦斯的身体理念，揭示劳伦斯在小说中通过书写身体的伦理和欲望困境、身体对权力的屈从与抗争、身体与精神的分离与统一、身体在两性关系中的失调与和谐，将矛头直指社会、文化、政治和心理等外因和内因，深刻批判工业社会对人的剥削和压抑以及对人身体的忽视。

　　本书正文部分除绪论和结语外共五章，分别以《逾矩的罪人》《白孔雀》《彩虹》《恋爱中的女人》和《查泰莱夫人的情人》等五部小说为研究对象，分别从伦理、欲望、权力、精神、两性关系等多个维度将身体面临的困境付诸笔端，梳理和分析劳伦斯早期、中期和晚期的主要代表作品中的身体理念及其表现，并寻找走出困境的方法，展现身体的意义，倡导回归身体的美好愿望。第一、二章分别从社会伦理和欲望文化的角度切入，揭示小说《逾矩的罪人》和《白孔雀》中的身体困境及其悲剧色彩。第三、四章分别从权力政治和理智精神的角度切入，深挖小说《彩虹》和《恋爱中的女人》中身体反抗权力，挑战"身心二分"传统的表现。第五章从两性关系视角人手，探寻小说《查泰莱夫人的情人》中回归身体本能的生命意义。本书旨在向读者表明劳伦斯对身体的认识和解读，既延续 19 世纪以降的身体理论，强调身体主体性和身体重要性等观点，又为推动当代"身体转向"的理论研究提供启示。希望本书有关劳伦斯身体理念的研究能为进一步研究英国现代主义作家的身体书写抛砖引玉。

　　本书的完成得益于导师高奋老师多年来的鼓励、包容和悉心教诲，是高老师引导我慢慢走近劳伦斯，寻找到研究的兴趣点。高老师精深广博的学识、治学严谨的态度和宽厚真诚的个人修养照亮了我未来的学术道路和工作、生活道路。在本书撰写的过程中，我还得到了杭州师范大学外国语学院殷企平老师和陈礼珍老师、浙大城市学院外国语学院隋红升老师的指导，并得益于浙江大学外国语学院杨革新老师、方凡老师、郝田虎老师、何辉斌老师和孙艳萍老师等的中肯意见。感谢生命中能遇到良师，此生受益匪浅。

　　书稿的完成还在于得到了兵哥哥和小军娃的支持。父子二人因为我的求学而分隔两地，相距万里，饱受了五年的离别相思之苦。小军娃，包容妈妈写作过程中的焦虑和低落情绪，在这个过程中，他从一个懵懂的幼儿园中班小朋友成长为坚强能干、勤奋好学的高年级小学生。我的兵哥哥，支持我辞去稳定的事业单位工作后，便独自承担了房贷以及全家的生活开销，并在我们最困难的时候申请从部队转业回来，承包了家里所有的后勤工作。作为书稿的第一读者，他从最初觉得艰涩难懂，到后来逐渐入门，费了不少功夫，也提了不少逻辑方面的建议，做了不少语法、字词、标点的修改工作。待书稿出版之时，他早已脱下戎装，走上了新的工作岗位；从军二十载，一身侠骨，却不失温柔。在今后的新天地里，我们依然彼此携手前行，共赴白头。

　　最后，我想感谢父母对我的悉心教导，以及生命中所有亲友的支持和帮助，在此不一一列出。在今后的学术道路上，我将继续深耕细耘，以最好的自己回报大家的关爱。

　　本书的不足之处和谬误之处，还请读者朋友们批评指正！

王爱素

2022 年 10 月于杭州

目　录

绪　论

　　D. H. 劳伦斯，即戴维·赫伯特·劳伦斯（David Herbert Lawrence，1885—1930），是 19 世纪末 20 世纪初英国杰出的小说家、诗人、散文家和文学评论家，也是西方现代主义文学的代表人物。劳伦斯的文学创作思想一方面深受亚瑟·叔本华（Arthur Schopenhauer）、弗里德里希·威廉·尼采（Friedrich Wilhelm Nietzsche）、西格蒙德·弗洛伊德（Sigmund Freud）等思想家的生命意志哲学和心理学等影响，另一方面又深受世界局势、社会环境和自身身体健康状况等的影响。劳伦斯小说聚焦人的身体、人的本性，融入了他对世界、对社会的哲学思考，彰显现代主义文学的本质，揭示生存异化，对抗虚无主义，探索本真存在，寻找精神家园。

　　国内外学界对劳伦斯的研究多从女性主义、哲学、社会学、后殖民主义等跨学科视角出发，采用道德批判、生态批评、对比研究、影响研究等方法，取得了丰硕成果。但劳伦斯笔下身体书写的重要性则被严重低估，且学界尚缺乏对劳伦斯身体观念的整体考量。在笔者看来，在《逾矩的罪人》（*The Trespasser*, 1912）、《白孔雀》（*The White Peacock*, 1911）、《彩虹》（*The Rainbow*, 1915）、《恋爱中的女人》（*Women in Love*, 1920）、《查泰莱夫人的情人》（*Lady Chatterley's Lover*, 1928）等五部作品中，劳伦斯分别就身体的伦理问题、身体的欲望表现、身体与权力的关系、身体与精神的离与合、身体与两性关系等展开了深入的哲学思辨。在劳伦斯笔下，身体伦理困境的根源是什么？身体欲望悲剧的根源是什么？身体在权力政治中扮演什么角色？身体的生与死有着怎样的联系？身体与精神究竟如何相处？身体的亲密行为在人的意识觉醒和社会变革中起什么作用？身体在社会变革中占据重要地位的缘由是什么？劳伦斯的身体理念及其意义是什么？这些重要问题学界尚未逐一解答。

鉴于此，本书围绕"身体"这一关键词，聚焦以上五部作品，将它们置于小说文本当时的社会语境中，从身体的困境及其悲剧根源、身体的反抗及挑战、身体的回归及生命的升华这三个层面着手，对劳伦斯的身体理念内涵，或者说对其背后的社会问题、文化问题和心理问题进行系统梳理和剖析。

第一节　劳伦斯研究现状

目前，劳伦斯的十余部长篇小说、十余部中短篇小说集，以及多部文艺理论集、诗选、书信集等在世界各国广泛发行。劳伦斯研究兴起于 20 世纪 30 年代，西方评论界从文体风格、后殖民主义、女权主义、精神分析等跨学科视角入手，对劳伦斯的随笔、书信、小说等作品展开了详尽的研究。1968 年，由詹姆斯·C. 考温（James C. Cowan）创办的文学杂志《D. H. 劳伦斯评论》（*D. H. Lawrence Review*）在美国阿肯色大学发刊，劳伦斯研究的高水平学术论文自此开始不断出现在人们的视野中。1986 年，欧洲的劳伦斯研究组织（Groupe d'études Lawrenciennes）在法国成立，定期召集法国及其他各国研究人员进行研讨，并在《劳伦斯研究》（*Études Lawrenciennes*）上发表研究成果。此后，劳伦斯作品及其研究的热度在西方学界有增无减。就国内学界而言，自 1988 年 10 月中国首届 D. H. 劳伦斯学术研讨会在上海召开以来，学者们对劳伦斯其人其作研究的关注度日渐增高。

一、国外研究现状述评

劳伦斯作品中出现了大尺度的身体和性描绘。在 T. S. 艾略特（T. S. Eliot）与约翰·M. 默里（John M. Murry）及二人主办的文学评论杂志的影响下，劳伦斯及其作品广受诟病而不被承认。只有少数作家和评论家，如 F. R. 利维斯（F. R. Leavis）、E. M. 福斯特（E. M. Forster）和阿诺德·贝内特（Arnold Bennett）等对其赞赏有加。贝内特宣称，"在我们的时代，没有比劳伦斯最好的作品更好的了"①。福斯特认为劳伦斯在他的时代是个异教徒，但百年后他会被大众理解和喜爱。②利维斯在其创办的评论刊物《细绎》（Scrutiny）中发文章为劳伦斯辩护，他指出，"劳伦斯本人比他的作品还伟大"，同时也是"他的时代最好的文学评论家"。③此后，劳伦斯及其作品得到了极大的重视，有关劳伦斯作品研究的论著不断涌现。

劳伦斯研究大致可分为以下三个阶段：20 世纪 50 年代之前的道德批评；20 世纪 50 年代至 90 年代的艺术结构、主题内涵和哲学思想研究；20 世纪 90 年代以来的多元视角研究。

（一）20 世纪 50 年代之前的道德批评

在这一阶段，学界主要围绕劳伦斯作品内容是否符合社会道德准则展开道德批评。劳伦斯作品饱含着对现代工业文明的否定态度，充斥着对性场景的详尽描写，在当时被认定为淫秽作品，难以为当时的主流思想所理解和广泛接受。他的代表作《彩虹》《查泰莱夫人的情人》等屡次遭到起诉和封禁。艾略特认为劳伦斯"是一个着了魔的人，一个天真无邪的抱着救世福音的着了魔的人"④。约翰·高尔斯华绥（John Galsworthy）认为，劳伦斯"如此醉心于人的性生活描写，他使自己的作品毫无价值"⑤。而法国的安德烈·马尔罗（André Malraux）等人持不同意见，他在给《查泰莱夫人的情人》法文版作序时指出，"色情超越人类而成为其生活的目的，这就是这部小说

① Coombes, H. (ed.). *D. H. Lawrence: A Critical Anthology*. Harmondsworth: Penguin Books, 1973: 222.
② Forster, E. M. The cult of D. H. Lawrence. *The Spectator*, 1931, 4(1): 627.
③ Fernihough, A. *The Cambridge Companion to D. H. Lawrence*. Shanghai: Shanghai Foreign Language Education Press, 2003: 258.
④ 王曾澄. 读劳伦斯——译序 // 萨嘉. 被禁止的作家：D. H. 劳伦斯传. 王曾澄，译. 沈阳：辽宁教育出版社，1998：译序 1.
⑤ Marrot, H. V. *The Life and Letters of John Galsworthy*. London: Heinemann, 1935: 836.

的主旨，他揭示了色情文学划时代的意义"①。这个阶段的劳伦斯研究，由于受维多利亚时期以来传统性观念的禁锢，聚焦"性爱是否道德"这一论题展开了激烈讨论，具有一定的局限性。

（二）20 世纪 50 年代至 90 年代的艺术结构、主题内涵和哲学思想研究

20 世纪 50 年代以后，随着《查泰莱夫人的情人》的解禁，劳伦斯研究逐渐走出道德评价的困境，聚焦于艺术技法和主题内涵等议题。

（1）劳伦斯作品的艺术技法批评主要围绕作品的语言、意象、叙事方法等展开，揭示劳伦斯在创作形式与创作技巧上的独特性和创新性。② 日本学者近藤恭子认为，劳伦斯打破了福楼拜提出的小说形式传统，展现了他的探索式创作。这种创作重在深入挖掘小说人物的个人特质，又将其人格化。近藤提出，劳伦斯对小说形式的探究是其独特文学创作个性的体现。③ 安吉洛·P. 伯托齐（Angelo P. Bertozzi）、朱利安·莫伊纳汉（Julian Moynahan）等学者主要探讨了劳伦斯小说的创作技巧。伯托齐认为，《恋爱中的女人》这部小说运用大量的象征意象，不仅运用现成的象征意义，而且致力于重新组合事物而使之产生新意，在事物本来意义的基础上注入新的意思。④ 莫伊纳汉在《生命的真谛：D. H. 劳伦斯的小说和故事》（*The Deed of Life: The Novels and Tales of D. H. Lawrence*）中考察了劳伦斯小说在结构、叙事方法等方面的技巧，着重分析了《查泰莱夫人的情人》在叙述中运用的提喻（synecdoche）修辞手法，并揭示了劳伦斯采用叙述与解释性评论交织的方法进行小说创作，深化了小说的哲学性。⑤ 加米尼·萨尔加多（Gamini

---

① 马尔罗.《查特里夫人的情人》序言（1933）. 蒋炳贤，译 // 蒋炳贤. 劳伦斯评论集. 上海：上海文艺出版社，1995：58.

② Leavis, F. R. *D. H. Lawrence: Novelist*. New York: Penguin Books, 1981: 22.

③ Kondo, K. *The Development of Form in D. H. Lawrence's Novelistic Art*. Tokyo: Kirihara Shoten, 1992: 200.

④ Bertozzi, A. P. Symbolism in *Women in Love*. In Moore, H. T. (ed.). *A D. H. Lawrence Miscellany*. Carbondale: Southern Illinois University Press, 1959: 56-78.

⑤ Moynahan, J. *The Deed of Life: The Novels and Tales of D. H. Lawrence*. Princeton: Princeton University Press, 1963: 5-37.

Salgado）等学者将劳伦斯的现代主义创作手法与浪漫主义的表达方式进行了对比，突出劳伦斯写作的生命性。萨尔加多在《劳伦斯导论》（*A Preface to Lawrence*）中着重阐释了劳伦斯与浪漫主义的关系。他认为，劳伦斯在诗歌、小说和散文中坚持不懈地以富有特色、与众不同的写作手法表达浪漫主义想象力，体现了不朽的生命力[①]，这既是对浪漫主义的传承，也是现代主义写作的重要特色。

（2）劳伦斯作品的主题研究主要围绕女性主题、战争主题和死亡主题等展开，揭示了其独特的人生观和世界观。希拉里·辛普森（Hilary Simpson）在《劳伦斯和女权主义》（*Lawrence and Feminism*）中肯定了劳伦斯对女权运动和女性解放事业的贡献，"劳伦斯和贝特兰·拉塞尔探讨革命政治理论时，他还设想妇女将会在重建国家的事业中发挥举足轻重的作用"[②]。她认为战争经历改变了劳伦斯对男权和女权的态度，在劳伦斯的早期作品中，男权至上、反女权主义的观念尚不明显，但在他战后的作品中，这已是他旗帜鲜明的思想了。尼尔·迈尔斯（Neil Myers）指出，战争使劳伦斯"从一个在传统小说中做象征主义尝试的作家变得狂放不羁"[③]，从考察战争对劳伦斯的影响中，我们可以看出劳伦斯对待女性的态度存在犹豫和摇摆。美国学者马克·肖勒（Mark Schorer）关注了劳伦斯作品中的死亡主题，他通过分析《恋爱中的女人》中情侣、父子、兄弟姐妹等的关系，指出该小说中的各种关系建立在生与死的对立之上，建立在生中有死的观点之上。[④]肖勒考察劳伦斯的生死观，为研究劳伦斯作品中的生死转换关系及其作品中体现的哲学思想提供了新的思路。

（3）劳伦斯作品中的哲学思想研究关注劳伦斯作品对传统哲学思想的传承和创新。罗伯特·E. 蒙哥马利（Robert E. Montgomery）指出，劳伦斯作为现代小说家，传承了前苏格拉底时期的古希腊哲学家、17 世纪的基督教见神论者，以及后达尔文时期的无神论者的想象传统，即理想的

---

① Salgado, G. *A Preface to Lawrence*. London: Routledge, 1982: 64-93.

② Simpson, H. *Lawrence and Feminism*. DeKalb: Northern Illinois University Press, 1982: 174.

③ Myers, N. Lawrence and the war. *Criticism: A Quarterly for Literature and the Arts*, 1962, 4(1): 45.

④ Schorer, M. *Women in Love* and death. *Hudson Review*, 1953, 6(1): 40-41.

现实主义传统。蒙哥马利认为，尽管劳伦斯的二元对立思想与赫拉克利特
（Heraclitus）的水火对立、戴维·博姆（David Bohm）的硫黄和水银、尼
采的权力意志等观点属于不同的流派，但却有异曲同工之妙。^①基思·萨加
（Keith Sagar）在《D. H. 劳伦斯：变生活为艺术》（*D. H. Lawrence: Life into
Art*）中阐释了劳伦斯独特的"玄学"思想。他认为劳伦斯的玄学思想在小说
创作中运用得恰到好处，玄学思想促进了小说艺术目的的实现，而小说又
自然地将关于人之内心、人与人之间、代与代之间、个人与社会之间、人
与上帝之间的主次、平衡、得与失等阐释得淋漓尽致。^②无论是蒙哥马利还
是萨加，他们都代表了一种哲学研究方向，既认可劳伦斯的哲学传承，又
肯定劳伦斯的哲学思想创新。

（三）20 世纪 90 年代以来的多元视角研究

20 世纪 90 年代以来，劳伦斯研究重在通过运用传记书写、对比研究、
影响研究等方法，深入探讨劳伦斯作品中涉及的社会、政治、哲学、美学
等多个跨学科领域。以下仅选取部分代表性论著进行简要述评，并重点梳
理与本书相关的身体研究现状。

1. 传记研究视角

劳伦斯传记研究主要是指学者通过书写劳伦斯传记，阐明劳伦斯小说
创作风格形成的根源。杰弗里·迈耶斯（Jeffrey Meyers）在《D. H. 劳伦斯
传》（*D. H. Lawrence: A Biography*）中阐释了劳伦斯融合自传与小说的复
杂写作方式，说明艺术家与具有活力的人之间是没有界限的。^③约翰·沃森
（John Worthen）在《D. H. 劳伦斯：一个局外人的生活》（*D. H. Lawrence: The
Life of an Outsider*）中以劳伦斯的生活经历为线索，追溯他的写作风格、思
维方式形成的根源等。^④

---

① Montgomery, R. E. *The Visionary D. H. Lawrence: Beyond Philosophy and Art*. Cambridge: Cambridge University Press, 1994: 41.

② Sagar, K. *D. H. Lawrence: Life into Art*. Athens, GA: Georgia University Press, 1985: 363.

③ Meyers, J. *D. H. Lawrence: A Biography*. New York: Knopf, 1990: 5.

④ Worthen, J. *D. H. Lawrence: The Life of an Outsider*. London: Allen Lane, 2005: 1.

2. 对比研究视角

学界主要聚焦劳伦斯与同时代的现代主义作家在意识形态领域中的共性与差异性。柯斯蒂·马丁（Kirsty Martin）在《现代主义和共情的韵律：弗农·李、弗吉尼亚·伍尔夫与 D. H. 劳伦斯》（*Modernism and the Rhythms of Sympathy: Vernon Lee, Virginia Woolf, and D. H. Lawrence*）一书中聚焦了20 世纪的三位作家——弗农·李、弗吉尼亚·伍尔夫和 D. H. 劳伦斯，探析他们作品的共情是如何构建的，揭示出他们共情书写的共同点在于他们的共情与写作的细节密不可分，与文学现代性紧密结合，共同回答情感是什么、生命是什么以及建立共情的基础是什么等问题。[①] 彼得·彭达（Peter Penda）对比研究了乔治·艾略特（George Eliot）、伍尔夫和劳伦斯作品中意识形态的不同书写方式，并阐明了意识形态在具体作品中的呈现和推进方式。[②] 丹尼尔·R. 施瓦兹（Daniel R. Schwarz）探讨了托马斯·哈代（Thomas Hardy）、约瑟夫·康拉德（Joseph Conrad）、詹姆斯·乔伊斯（James Joyce）、劳伦斯、福斯特和伍尔夫小说背离与颠覆以往的文学传统，并形成不断进步和改变的多元文学传统的过程。他认为，小说的形式和表现方式随着历史环境的改变而改变，尤其是哈代、福斯特和劳伦斯，他们在个人危机和社会焦虑的挣扎中形成了小说叙述技巧和表现方式。[③]

3. 影响研究视角

大卫·塞洛（David Seelow）着重探讨了弗洛伊德等思想家对劳伦斯的影响，以及这些影响在劳伦斯作品中的体现。塞洛在《激进现代主义与性：弗洛伊德、赖希、D. H. 劳伦斯及其他》（*Radical Modernism and Sexuality: Freud, Reich, D. H. Lawrence and Beyond*）中指出，弗洛伊德的精神分析、赖希的本能无意识与马克思主义哲学糅合的理论对劳伦斯的小说写作产生了影响。塞洛以《查泰莱夫人的情人》为例分析了劳伦斯对待性的态度及其

---

① Martin, K. *Modernism and the Rhythms of Sympathy: Vernon Lee, Virginia Woolf, and D. H. Lawrence*. Oxford: Oxford University Press, 2013: 1-29.

② Penda, P. *Aesthetics and Ideology of D. H. Lawrence, Virginia Woolf, and T. S. Eliot*. Lanham: Lexington Books, 2018: 1.

③ Schwarz, D. R. *The Transformation of the English Novel 1890–1930: Studies in Hardy, Conrad, Joyce, Lawrence, Forster and Woolf*. London: Macmillan Press, 1995: 1.

现代性表现。他指出，劳伦斯试图通过描写人与自然在资本扩张中的有机联系，使得人们能够完整地、真诚地、纯洁地思考有关性的问题。[①]

4. 身体相关研究

在多元视角研究中，身体研究尤为引人注目。早期的劳伦斯身体研究主要围绕劳伦斯身体与意识的关系问题展开，后期的身体研究则延伸到社会、政治、医学等领域。[②]学界的相关研究成果主要包含以下三个方面。

一是身体和意识关系问题的研究。学界普遍认为劳伦斯是现代身体与意识理论的先锋，劳伦斯身体研究的主流声音分两种：一种观点认为劳伦斯强调身体与意识相统一；另一种认为劳伦斯相信身体比意识更重要。持前一类观点的学者如尼古拉斯·S. 布恩（Nicholas S. Boon）和帕梅拉·K. 莱特（Pamela K. Wright）等认为劳伦斯坚持身心统一。布恩指出，对劳伦斯来说，身体和意识一样是人类存在的基本要素，劳伦斯经常谈到精神和身体之间需要达到平衡。[③]莱特在她的博士论文中提出，劳伦斯在作品中通过描写残疾身体，揭示机械化社会和工业化战争给身心带来的损害，从而阐明人类从整体上治愈身体，使身心得以平衡的必要性。[④]身心统一观点研究肯定了劳伦斯打破笛卡儿以来的唯心论，提升了身体的地位，但尚未深入挖掘劳伦斯身体理念的内涵。持后一类观点的学者认为劳伦斯在身心关系中坚信身体更重要。安妮·弗尼霍夫（Anne Fernihough）研究了劳伦斯在小说与非虚构作品中评论艺术和文学的话语，揭示了劳伦斯"身体"（物质性）美学理论在不同层面上的中心地位。[⑤]考温聚焦《查泰莱夫人的情人》中康妮·查泰莱的人物形象并进行分析，指出劳伦斯笔下的精神生活不是人的

[①] Seelow, D. *Radical Modernism and Sexuality: Freud, Reich, D. H. Lawrence and Beyond*. New York: Palgrave Macmillan, 2005: 73-101.

[②] Poplawski, P. (ed.). *Writing the Body in D. H. Lawrence: Essays on Language, Representation, and Sexuality*. London: Greenwood Press, 2001: 1-45.

[③] Boone, N. S. D. H. Lawrence's theology of the body: Intersections with John Paul II's *Man and Woman He Created Them*. *Religion and the Arts*, 2014, 18(4): 503, 510.

[④] Wright, P. K. A language of the body: Images of disability in the works of D. H. Lawrence. Pullman, WA: Washington State University, 2006: 2.

[⑤] Fernihough, A. *D. H. Lawrence and the Aesthetics of the Body*. Cambridge: University of Cambridge, 1989: 34-60.

中心，身体的本能才是真正的中心。^①蒂莫西·维恩岑（Timothy Wientzen）阐明了劳伦斯身体理念中的身体是所有人类意识的基础和行动的来源，是第一要素，若将精神置于身体之上会降低人的能动性。^②亚瑟·艾弗隆（Arthur Efron）认为，劳伦斯坚信身体的生命比思想的生命更伟大，挑战了传统的扬"心"抑"身"观点。^③这些研究为探讨劳伦斯身体比意识更重要的思想提供了有力论据。

　　二是政治视角下的身体研究。学界将劳伦斯的身体观与米歇尔·福柯（Michel Foucault）的权力政治相比较。吉庆科（Jae-Kyung Ko）和大卫·凯洛格（David Kellogg）都认为，劳伦斯和福柯同样看到人类身体在社会规训下变得驯服，其积极的、创造性的力量在社会规训机构如精神病院、医院、监狱、学校、工厂中的社会话语影响下被限制和扭曲。^④吉庆科认为，劳伦斯的悲观主义历史观同福柯一样，两者都认为在现代高度组织化和纪律性的社会中，身体的创造性自我被扼杀。劳伦斯的历史观中还具有不断循环的思想，如死亡后重生、衰退后成长、旧秩序瓦解后创造新秩序等。^⑤他认为，劳伦斯的观点在《恋爱中的女人》《查泰莱夫人的情人》和《彩虹》等小说中都有体现。^⑥在这些小说中，身体在权力社会中像一台机器一样被控制、被塑造、被训练。虽然关于身体与社会政治权力的研究较为详尽，也具有一定的深度，但这些研究尚未探讨劳伦斯如何使身体摆脱被压抑、被机械化、被征服的状态，获得身体自主权的问题。另有部分学者将劳伦斯定义

① Cowan, J. C. *D. H. Lawrence and the Resurrection of the Body*. Carbondale: Southern Illinois University Press, 1980: 100-101.

② Wientzen, T. Automatic modernism: D. H. Lawrence, vitalism, and the political body. *Genre*, 2013, 46(1): 39.

③ Efron, A. The mind-body problem in Lawrence, Pepper and Reich. *The Journal of Mind and Behavior*, 1980, 1(2): 268.

④ Ko, J.-K. *D. H. Lawrence and Michel Foucault: A Poetics of Historical Vision*. Dordrecht: Kluwer Academic Publishers, 1999: 170; Kellogg, D. Reading Foucault, reading Lawrence: Body, voice, and sexuality in *Lady Chatterley's Lover. D. H. Lawrence Review*, 1999, 28(3): 31-54.

⑤ Ko, J.-K. *D. H. Lawrence and Michel Foucault: A Poetics of Historical Vision*. Dordrecht: Kluwer Academic Publishers, 1999: 184.

⑥ Ko, J.-K. *D. H. Lawrence and Michel Foucault: A Poetics of Historical Vision*. Dordrecht: Kluwer Academic Publishers, 1999: 184.

为"身体法西斯主义者"。艾伦·古特曼（Allen Guttman）认为，劳伦斯的关注点从私人转向公开话题时，他就成了法西斯的预言家，劳伦斯蔑视民主，可被描述为法西斯主义者。[①] 这一论断有些草率，不能完全反映劳伦斯身体观念的全貌。

三是医学视角下的身体观研究。医学家乔安妮·特劳特曼（Joanne Trautman）认为，劳伦斯的身体观给医学院的学生这样一种重要信念，即身体与精神同等重要，血液变化先于精神变化。[②] 她指出，劳伦斯身体理念中的身体充满了血与肉的意义，既有孤独的一面，也有团结的一面，具有生命的意义。

总的来说，国外劳伦斯研究起步较早，涵盖面较广。劳伦斯身体研究主要集中在身体与意识的关系问题上，并延伸到身体与政治、医学等领域的关系问题上。由于历史局限性，劳伦斯身体研究较为零散，缺乏系统性研究，学界尚未构建起劳伦斯身体研究各视角之间的内在逻辑关联。

二、国内研究现状述评

与国外研究相比，国内的劳伦斯研究起步较晚。劳伦斯研究萌芽于20世纪30年代，当时徐志摩、郑振铎、郁达夫、林语堂等学者相继对劳伦斯的作品进行了翻译和评介。20世纪80年代，劳伦斯研究在我国逐渐呈现出繁荣态势。1988年10月，中国首届D. H. 劳伦斯学术研讨会的召开，引起了中国学者对劳伦斯研究的重视。1999年董俊峰、赵春华的《国内劳伦斯研究述评》[③] 与2013年刘洪涛的《新中国60年劳伦斯研究之考察与分析》[④] 较为全面地梳理了国内劳伦斯研究取得的成果。时至当下，相关研究成果不断涌现。就笔者收集的资料来看，截至2022年8月，国内已经出版的劳伦斯研究专著有20多部（其中2部为评论集，1部为评传），国内学者在国

---

① Guttman, A. Sacred, inspired authority: D. H. Lawrence, literature and the fascist body. *The International Journal of the History of Sport*, 1999, 16(2): 169.

② Trautmann, J. The body electric. *D. H. Lawrence Review*, 1975, 8(1): 67.

③ 董俊峰，赵春华. 国内劳伦斯研究述评. 外国文献研究，1999（2）：115-118.

④ 刘洪涛，姜天翔. 新中国60年劳伦斯研究之考察与分析. 湖南大学学报（社会科学版），2013（4）：75-80.

内核心及国外核心刊物上发表的相关论文达 500 余篇，撰写博士论文 10 余篇。这些研究主要围绕以下方面展开。

（一）主题研究

学界主要关注劳伦斯小说中工业文明与大自然的冲突、两性关系、死亡与重生等主题。程心指出，劳伦斯提出反进化论的自然观，表达了他对机械工业文明的批判和对自然的热爱。他认为，劳伦斯见证了工业发展给人类和自然带来的毁灭性伤害，表达出通过修复人与自然的关系为人类找到生命活力的观点。[①] 姜波指出，自然在劳伦斯眼里能激发人类的血性意识，使人们摆脱物质和传统道德的束缚，创造和谐的生态环境。[②] 牛莉从生态女性主义视角解读了《查泰莱夫人的情人》，认为劳伦斯试图重建男女和谐关系，实现二元对立关系的平衡。[③] 除了自然和两性关系主题，学界关注较多的是"生与死"主题。汪志勤认为，劳伦斯对生与死有着独特感受，他在《骑马出走的女人》（"The Woman Who Rode Away"）中，从主、客两个层面体现了"向着死亡存在"这一哲学思想。[④] 郑达华提出，劳伦斯在晚年的诗歌中歌颂死亡，认为生死可以转换，精神不灭。[⑤] 学界对劳伦斯作品的主题思想研究，大多结合劳伦斯的生平，阐明他的人生感悟，揭示他的人生观和世界观。

（二）形式研究

国内学者从不同角度研究了劳伦斯小说中的现代主义艺术手法，重点关注象征和隐喻等艺术表现形式。李汝城、路玉坤探讨了劳伦斯在小说中运用象征手法暗示人物内心和感受的写作特性，及其物我交融的艺术境

---

① 程心. 劳伦斯反进化论的自然观. 外国文学评论，2005（1）：57-64.
② 姜波. 论劳伦斯的血性自然观. 东北大学学报（社会科学版），2017（2）：215-220.
③ 牛莉. 在解构中重建和谐的曙光——从生态女性主义视角解读《查泰莱夫人的情人》. 西安外国语大学学报，2014（3）：104-108.
④ 汪志勤. 向着死亡的存在——劳伦斯《骑马出走的女人》评析. 国外文学，2011（4）：142-149.
⑤ 郑达华. 歌颂死亡——论劳伦斯的晚期诗歌. 外国文学，2004（5）：98-101.

界。① 江润洁、韩淑芹分析了劳伦斯多部小说中的工业象征主义元素，认为劳伦斯表达了对工业机械文明的批判和对人性本能与自然的热爱。② 张炳飞认为《彩虹》和《恋爱中的女人》这两部小说中的自然隐喻有助于劳伦斯的生命观表达，小说人物呈现的自然属性颠覆了西方传统宗教伦理观。③ 丁礼明用桑塔格的"疾病隐喻"理念解读劳伦斯小说话语的隐喻含义，揭露了英国社会中个人与社会之间的不平衡关系和社会中的不平等、不公正现象。④ 小说的艺术表现形式研究侧重从文本出发，挖掘劳伦斯对人物内心的揭露和对社会的批判。

（三）多元批评方法研究

劳伦斯研究随着国内批评方法的多样化而呈现出多元趋势，主要有生态批评、叙事学批评、比较研究、伦理学批评和空间批评等。生态批评认为，劳伦斯在作品中反映了工业文明对自然和人性的摧残⑤，体现出他对生态问题的文学思考⑥。庄文泉以《白孔雀》为研究对象，深入细致地阐释了作品呈现的人与自然和谐共处的生态观念，探寻了劳伦斯生态观形成的个体和社会因素。⑦ 叙事学批评侧重阐释劳伦斯的叙事风格，赞颂劳伦斯的艺术造诣。徐崇亮认为，《上尉的偶像》（"The Captain's Doll"）体现了劳伦斯与众不同的语言风格和幽默、讽刺的写作风格。⑧ 伦理学批评主要集中探究《儿子与情人》（Sons and Lovers, 1913）中父母与子女关系的伦理错位和

---

① 李汝城，路玉坤. 物我交流的载体——D. H. 劳伦斯小说的象征艺术研究之三. 山东社会科学，1998（2）：76-78.
② 江润洁，韩淑芹. 劳伦斯作品中的工业象征主义研究. 山东社会科学，2017（1）：169-174.
③ 张炳飞. 劳伦斯小说中人物的自然隐喻. 江淮论坛，2008（2）：140.
④ 丁礼明. 劳伦斯小说疾病话语的隐喻解读. 西安外国语大学学报，2019（2）：119-123.
⑤ 张玮玮. D. H. 劳伦斯文学批评中的生态意识研究. 文艺争鸣，2014（8）：165-169.
⑥ 龙其林. 为溃退的自然见证——D. H. 劳伦斯诗歌的生态叙事. 北方论丛，2012（4）：53-56.
⑦ 庄文泉. 从《白孔雀》对自然的描写看劳伦斯的生态思想. 福建农林大学学报（哲学社会科学版），2011（5）：106-109.
⑧ 徐崇亮. D. H. 劳伦斯的叙事风格——读《上尉的偶像》. 外国文学研究，1998（3）：48-52.

人格分裂，揭露了工业社会对人本能的压抑。[①]一些比较研究聚焦劳伦斯与沈从文在生命书写上的异同[②]，以及劳伦斯与哈代在婚恋、女权等观念上的异同[③]，表明劳伦斯思想既受世界文化的影响，又被烙刻上民族文化的印记。空间批评重点探讨地理空间、心理空间和社会空间三个方面。李春风全面阐释了劳伦斯小说中三个不同层面的空间书写，分别考察了劳伦斯文学创作与其成长环境的关系、劳伦斯的伦理思想内涵及工业社会中阶级冲突的表现。[④]

（四）哲学思想研究

进入 21 世纪，劳伦斯研究逐渐转向劳伦斯作品中的哲学思想研究。张静探讨了劳伦斯对动物的关注，指出劳伦斯尊重动物的生命，倡导人与动物和谐相处的哲学思想。[⑤]高速平认为劳伦斯打破身心二元对立，建立"完整自我"，追求"身体自我"与"理性自我"的和谐，关注自我与外部世界的联系。[⑥]刘爽关注了劳伦斯作品的人本主义思想，指出他的作品饱含了反"神本主义""物本主义"和"唯心主义"的思想。[⑦]刘洪涛的观点与刘爽的不谋而合，他认为劳伦斯受尼采、弗洛伊德非理性主义思想的影响，其文学创作重视身体，重视生命的内在力量。在非理性主义思想的影响下，劳伦斯对现代人的内心世界更加了解，能更好地通过作品揭示社会批判的力量。[⑧]付忠将劳伦斯的"生活"与马丁·海德格尔（Martin Heidegger）的"诗意栖居"思想进行了对比研究，揭示了劳伦斯对人的存在与艺术和生命本真关系

[①] 李长亭. 劳伦斯小说《儿子与情人》中的家庭伦理叙事. 郑州大学学报（哲学社会科学版），2019（6）：79-84.
[②] 孙英磬. 沈从文与劳伦斯的生命价值书写比较研究. 长春：吉林大学，2013：51-105.
[③] 高万隆. 婚恋·女权·小说：哈代与劳伦斯小说的主题研究. 北京：中国社会科学出版社，2009.
[④] 李春风. 劳伦斯小说的空间书写研究. 杭州：浙江工商大学出版社，2021：13-14.
[⑤] 张静. D. H. 劳伦斯的动物哲学. 云南师范大学学报（哲学社会科学版），2012（1）：152-156.
[⑥] 高速平. 劳伦斯的"完整自我"探析. 外国文学，2017（6）：41-48.
[⑦] 刘爽. 解读戴维·赫伯特·劳伦斯作品的人本主义思想. 文艺争鸣，2014（3）：185-189.
[⑧] 刘洪涛. 劳伦斯与非理性主义. 北京师范大学学报（社会科学版），2006（3）：41-48.

的思考。① 这些研究重点关注身体、自我、存在与生命等元素及其相互间的关系。

（五）身体研究

对劳伦斯作品的身体研究虽已步入学者的视野，但高质量的研究成果极少。相关研究可细化为以下四个方向：自然态身体研究、两性关系中的身体研究、身体与生命关系的研究以及身体归宿研究。

1. 自然态身体研究

学界关注劳伦斯在作品中寻求身体与自然和谐的写作意图。张林、刘须明指出，"劳伦斯独具匠心地创作裸露画面，旨在激发人们重新思考现代文明带来的扭曲的灵魂"②，追求身体与大自然的和谐。李碧芳认为，劳伦斯的自然态身体理念主要表现为他对传统田园式生态农场的眷恋、对人与自然相生相成关系的憧憬和对两性自然身体对话的追求三个方面。③

2. 两性关系中的身体研究

学界较深入地探讨劳伦斯小说中的两性关系问题，早期主要针对性描写进行道德批判，直至 21 世纪，学界才开始侧重两性关系中的身体本体研究。朱卫红认为，劳伦斯在多数作品，尤其是在《查泰莱夫人的情人》中明显流露出对男性健康身体的崇拜之情。这种崇拜既是劳伦斯对完美健康身体由来已久的渴望，又体现出他推崇男性身体的身体观，更反映了他对男女关系和男女角色定位的思考和探索。④ 吴阳、刘立辉认为，劳伦斯在其作品中运用身体叙述这一武器揭示身体在现代文明中的遭遇，他既不遗余力地抨击玷污和扭曲身体美以及压抑人性的现象，又批判把人驯服成机器的现代战争和现代文明。劳伦斯试图利用两性亲密接触的行为来复活被压抑

---

① 付忠. "生活"与"存在"——劳伦斯与海德格尔文艺思想比较研究. 理论探索，2016（6）：29-33.
② 张林，刘须明. 人体·人性·自然——劳伦斯绘画艺术探微. 艺术百家，2014（2）：181.
③ 李碧芳. 本真的生命、诗意的生存——解读劳伦斯自然态的身体理念. 福州大学学报（哲学社会科学版），2013（2）：65-69.
④ 朱卫红. 劳伦斯的男性身体崇拜. 外国文学研究，2002（4）：96-98.

的身体，重现身体的生机活力。①

3. 身体与生命关系的研究

学界着重揭示劳伦斯通过身体书写释放被压抑的激情，使身体从社会和政治的压抑中解放出来，重建生命活力的愿景。孙英馨认为，劳伦斯提出的自然的、社会道德的、自我的生命意识，阐明了劳伦斯生命价值观是基于个人主义意识的，是一种以理性看待世界，以非理性/感性追求理想的观念。②此外，劳伦斯的"生命真实"观③以及他对尼采酒神精神的传承④也成为学者研究的对象。陈勤认为，劳伦斯对身体的书写把握住了小说对生命力、生命关系的有机体现。他指出，劳伦斯使身体与生命对话，构建身体与生命的关系，揭示身体的政治意义，以及展现身体语言所揭示的心理意识。⑤

4. 身体归宿研究

关于劳伦斯身体归宿的研究不多，其研究结论可归纳为两点。一是身体归宿即构建身体的伦理共同体。何卫华提出了身体的伦理共同体概念，认为在文学领域，劳伦斯通过对身体的赞扬，呼应尼采的"身体转向"，认为劳伦斯在小说《查泰莱夫人的情人》中批判工业文明及其所代表的理性，呼吁构建身体的伦理共同体。⑥二是身体的归宿即寻求肉体与精神的平衡。劳伦斯认为，要想成为完整的人，男人和女人需要共同协作，在精神和肉体上达成平衡，从而实现与世界的和谐，获得生命的意义。⑦

综上所述，国内劳伦斯研究涉猎的主题丰富，研究方法多样，对劳伦

① 吴阳，刘立辉. 规训、异化与反抗——劳伦斯短篇小说中的身体叙述. 世界文学评论，2011（1）：118-120.
② 孙英馨. 沈从文与劳伦斯的生命价值书写比较研究. 长春：吉林大学，2013：51-63.
③ 程悦，陈淑清. 生命的真实与超越——劳伦斯在小说《虹》中表达的生命观. 东北师范大学学报（哲学社会科学版），2014（5）：158-162.
④ 刘春芳. 劳伦斯生命观中的"酒神"精神. 天津大学学报（社会科学版），2008（6）：549-552.
⑤ 陈勤. 身体的诉求——论劳伦斯的《普鲁士军官》. 四川师范大学学报（社会科学版），2009（2）：103-107.
⑥ 何卫华.《查泰莱夫人的情人》：身体与伦理共同体. 外国文学研究，2014（3）：68-74.
⑦ 郑达华.《儿子与情人》并非是对俄狄浦斯情结的解释. 浙江大学学报（人文社会科学版），2000（2）：143-148.

斯作品中的身体关注度较高，但高质量的身体研究成果较少，在身体研究的哲学深度、社会学意义和文学价值等方面的探讨仍有很大的空间。

第二节　西方身体观的演变

什么是身体？从字面意义来看，身体（body）在《牛津高阶英汉双解词典》（第8版）里的解释为人或动物的生理结构、躯干、尸体、（建筑、车辆或书、文章等的）主体，"身体部位常与某些动词紧密相连。搭配运用可反映特定的情感或态度"①。身体在《现代汉语词典》（第7版）中指"一个人或一个动物的生理组织的整体，有时专指躯干和四肢"②。从其内涵来说，身体在东西方不同时期的哲学思潮中有着不同的定位和意蕴。西方文化发源自希腊文化，从希腊语中的"身体"一词，我们可见身体的基本内涵。希腊语中表达"身体"的两个词是"σωμα 和 σαρξ，前者指的是'身体'（body），后者则指'肉体'（flesh）……希腊语对于'身体'的描述与'界限'（boundary）有关。身体显示出独立的个体与另一个个体之间的界限，有一种区隔的作用，标示出个体与个体之间的不同"③。到了现代社会，"身体"一词的内涵变得更加丰富了。约翰·奥尼尔（John O'Neill）在《身体五态：现代社会的人类形态》（*Five Bodies: The Human Shape of Modern Society*）中将身体分为五类，分别是世界身体、社会身体、政治身体、消费身体和医学身体④，这种身体划分看中身体的功能性。玛格丽特·M. 洛克（Margaret M. Lock）与南希·舍佩尔 – 休斯（Nancy Scheper-Hughes）将

---

① 霍恩比. 牛津高阶英汉双解词典. 8版. 赵翠莲，等译. 北京：商务印书馆，2014：212.
② 中国社会科学院语言研究所词典编辑室. 现代汉语词典. 7版. 北京：商务印书馆，2016：1159.
③ 王玉珏. 权力话语与身体的物质化——朱迪斯·巴特勒的女性主义系谱学研究. 西南大学学报（社会科学版），2015（3）：20.
④ O'Neill, J. *Five Bodies: The Human Shape of Modern Society*. Ithaca: Cornell University Press, 1985.

身体分为个人身体、社会身体和政治身体①，这种身体分类则突出了人类身体的独特性。中国的先秦儒家也表达了其对身体的独特看法，他们认为身体可以被看作一个综合体，是统领意识、形气、自然气化和社会文化的主体，又是将它们融为一身的生命集合体。②中国先贤对身体的表述体现出物质与意识、自然与人文的二元对立，这与东亚儒家传统思想中的身体分类相似。东亚儒家传统思想认为身体是拥有政治权力的身体，是遵循社会规范的身体，是虔心于精神修养的身体，是充满隐喻的身体。③有形的身体外在和无形的身体内在共同构成身体的核心。

什么是身体观？鉴于对身体的理解，笔者梳理了西方思想史中身体观的演变历程，以一窥身体观的全貌。身体观最早可追溯到古希腊时期，并存续于古希腊哲学、早期现代哲学、后期现代哲学和后现代哲学中。在不同的哲学发展阶段，哲学家们对身体有多种解读，因而身体观呈现出一脉相承、百花齐放的态势。"人类对自身身体和身体—心灵关系的认识经历了一个曲折的过程，大致可以分为身体的失落、身体的回归、身体的狂欢三个趋势较为明显的发展进程。"④

一、身体的失落

从古希腊时期到 19 世纪中叶，身心在西方理性传统中是二元对立的，即以身体为纯粹客体，以意识为主体，意识决定身体。这一阶段的主要思想家有苏格拉底（Socrates）、柏拉图（Plato）、圣托马斯·阿奎那（St. Thomas Aquinas）、勒内·笛卡儿（René Descartes）和伊曼努尔·康德（Immanuel Kant）等。

早在苏格拉底时期，人们就认为身体和精神是二元对立的，只有精神才能通达真理，身体则是一种被动的客体存在，是被忽视、贬损和压抑的对象，甚至是缺失的。苏格拉底认为精神是身体存在的原因："当灵魂（才

---

① Lock, M. M. & Scheper-Hughes, N. The mindful body: A prolegomenon to future work in medical anthropology. *Medical Anthropology Quarterly*, 1987, 1(1): 6-7.

② 杨儒宾. 儒家身体观. 上海：上海古籍出版社，2019：9.

③ 黄俊杰. 东亚儒家思想传统中的四种身体：类型与议题. 孔子研究，2006（5）：20-35.

④ 张金凤. 身体. 北京：外语教学与研究出版社，2019：13.

智只存在于灵魂中）离开人的身体的时候，人们就会把最亲爱的亲人的身体送去殡葬，使它尽快地离开自己眼前。"① 也就是说，身体是错误、低级、恶劣、可见而短暂的，精神则是真实、高级、至善、不可见且永恒不朽的。苏格拉底认为精神优越于身体，可支配身体，身体只起到禁锢精神的作用。

柏拉图同样崇尚精神，轻视肉体，他将人直接定义为使用身体的灵魂。② 在柏拉图的理念世界里，精神是"世间所有生命的第一原理"③，身体处于从属地位，人类要"带着肉去探索任何事物，灵魂显然是要上当的"④。柏拉图借苏格拉底之死的事件进一步揭示，死亡是身体躯壳之死带来的"灵魂和肉体的分离"⑤。人类"处于死的状态就是肉体离开灵魂而独自存在，灵魂离开了肉体而独自存在"⑥。柏拉图认为精神之所以优于身体，是因为精神是生命之源，"是人类生与再生的力量，这种力量的存续为人类肉体的存在提供能量和动力"⑦。由此可见，精神是唯一可以通达真理殿堂的，而身体则是沾染情欲的低俗物质，只有从身体中拯救出精神，人类才能抵达真理的彼岸。在这一观点的影响下，身体在西方哲学史中，曾陷入无尽的被压制状态。

在基督教哲学中，阿奎那仍秉承身体与精神二元对立的思想，但他已经开始关注身体。他在《神学大全》中提出，精神与身体的关系是作为质料的形式与实体形式的关系。阿奎那认为人不单单是精神，而是某种由精神和身体组合而成的事物。他在亚里士多德"质料说"的基础上，为进一步揭示身体和精神的关系，提出质料类型学——"原初质料"（materia prima）、"泛指质料"（materia non signata）和"特指质料"（materia signata）。他指出，"原初质料"和"泛指质料"只不过是一种逻辑概念，唯独"特指质料"才是一种实存概念，一种构成"个体化原则"（principium individuationis）的

---

① 色诺芬 . 回忆苏格拉底 . 吴永泉，译 . 北京：商务印书馆，2017：19.
② 柏拉图 . 斐多 . 杨绛，译 . 沈阳：辽宁人民出版社，2000：16-17.
③ Aquinas, T. *Basic Writings of Saint Thomas Aquinas (Vol. 1)*. Beijing: China Social Sciences Publishing House, 1999: 683.
④ 柏拉图 . 斐多 . 杨绛，译 . 沈阳：辽宁人民出版社，2000：15.
⑤ 柏拉图 . 斐多 . 杨绛，译 . 沈阳：辽宁人民出版社，2000：13.
⑥ 柏拉图 . 斐多 . 杨绛，译 . 沈阳：辽宁人民出版社，2000：13.
⑦ 柏拉图 . 柏拉图全集（第二卷）. 王晓朝，译 . 北京：人民出版社，2003：80.

东西。这就是说，人之所以能够成为"这个人"，是由特指质料构成的"这个身体"和"这个精神"共同决定和促成的。[①] 因而，身体的重要性在中世纪时期的神学发展中得到认同，但阿奎那仅指出，人是"由两种实体构成的，即具有理性的灵魂以及具有感觉的身体"[②]。在阿奎那看来，人的特殊性在于它不仅有精神还有身体，人是精神与身体的组合。然而，阿奎那认为，虽然身体中一些别的实体形式先于精神，但精神始终先于身体存在，因而他的思想依然建立在身体位于精神之下的观点基础上，身体的地位仍未得到改善。

自 17 世纪始，经过文艺复兴和宗教改革以后，身体在科学的推动下，从宗教唯灵论的压制和禁锢中解脱出来，但又陷入理性思维的旋涡中。这个时期的笛卡儿和康德等哲学家力主身心二分、扬"心"抑"身"的"我思"哲学倾向，继续抹杀身体应有的地位。笛卡儿的"我思故我在"思想，表明心灵高于身体，因为思维着的"我"不是身体，身体不会思维。不仅如此，他认为意识是决定性因素，而身体仅是意识活动的束缚和障碍，只有心灵才能趋近上帝，通往真理。格奥尔格·W. F. 黑格尔（Georg W. F. Hegel）提出的精神现象学更是将人抽象为意识和精神，将人的历史抽象为意识和精神的历史，黑格尔倡导的唯心主义理论同样抹杀了身体。

二、身体的回归

随着现代性逐渐渗透到人类历史中，人们的观念发生了变化，对身心关系的认识有了新的发展，身体逐渐得到重视，开始占据主体地位。

这一阶段的身体观包含在 19 世纪中叶的尼采和卡尔·马克思（Karl Marx）以降到 19 世纪末的哲学思潮中，其主导思想仍在身心二分的观照下被持续构建，表现为身体决定意识，身体逐渐摆脱压抑的状态，占据主体地位。这一时期身体哲学的主要思想家代表有马克思、尼采、弗洛伊

---

① 阿奎那. 神学大全：第一集　论上帝（第 6 卷：论人）. 段德智，译. 北京：商务印书馆，2013：15-19.

② 阿奎那. 神学大全：第一集　论上帝（第 6 卷：论人）. 段德智，译. 北京：商务印书馆，2013：12.

德、雅克·拉康（Jacques Lacan）、莫里斯·梅洛－庞蒂（Maurice Merleau-Ponty）等。

马克思肯定人是一种物质的、现实的生命存在，这与西方传统哲学中人是一种普适的、没有思维的东西这一逻辑范式有所不同。马克思在《1844年经济学哲学手稿》（*Economic and Philosophic Manuscripts of 1844*）中指出，人是自然存在物，是"有自然力的、有生命的、现实的、感性的、对象性的存在物"①。人的原始自然力和生命活力"作为天赋和才能、作为欲望存在于人身上"②，因而人的身体是具有活力的实体存在，有其独立的感官感受和本能力量。他强调，只有通过革命而不是改革，才能将身体从资本主义的奴性状态中解放出来，才能将身体摆在其该有的地位。格奥尔格·卢卡奇（György Lukács）、安东尼奥·葛兰西（Antonio Gramsci）和路易·P. 阿尔都塞（Louis P. Althusser）等西方马克思主义者将身体置于社会环境之中考察，看到身体对意识的决定性作用，并努力探索如何在社会斗争中寻求身体解放。

尼采坚信身体是具有生命力量的，他高喊口号"一切从身体出发"③。至此，身体与意识关系的争论才有了论断。尼采颠覆了将人看成"理性动物"的观点，他将人看成纯粹身体的存在，将身体推上至高无上的地位。尼采批判"重精神轻身体"的观点，他指出，"从前灵魂轻蔑肉体，这种轻蔑在当时是被认为最高尚的事：——灵魂要肉体丑瘦而饥饿，它以为这样便可逃避肉体，同时也逃避了大地"④。尼采的身体观主要围绕以下三点展开论述。一是借用"酒神"和"火神"的概念，强调身体的激情和活力。尼采认为生命的重心是自然身体，身体的活力和狂热在火中跳跃，身体在酒后翩翩起舞。火与酒的相遇恰是身体的活力与激情的碰撞。二是以权力意志为核心。

---

① 马克思. 1844 年经济学哲学手稿. 中共中央马克思恩格斯列宁斯大林著作编译局，编译. 北京：人民出版社，2000：105.

② 马克思. 1844 年经济学哲学手稿. 中共中央马克思恩格斯列宁斯大林著作编译局，编译. 北京：人民出版社，2000：106.

③ 尼采. 权力意志：重估一切价值的尝试. 张念东，凌素心，译. 北京：中央编译出版社，2000：37-38.

④ 尼采. 查拉斯图拉如是说. 尹溟，译. 北京：文化艺术出版社，1987：6.

尼采的权力意志对理性提出批判，以肉体来对抗意识哲学的独断性。尼采将身体进行力的抽象，他认为力在强化、增长和释放之时，身体就是健康的，反之身体则是衰败和病态的。三是以道德为准绳。尼采说，在道德面前，人是不允许思考的，更不用说展开批评了。生命被道德所绑架，身体变成道德展开的场所，变成奴役道德的牺牲品。在尼采看来，"我完完全全是身体，此外无有，灵魂不过是身体上某物的称呼"①。身体对尼采来说是一种狂欢，一种力，一种回归，是超越一切之上的决定力量。

弗洛伊德和拉康等精神分析学派的学者侧重揭示身体的欲望本能。按弗洛伊德的观点，身体的本能包括生的本能和死的本能。弗洛伊德指出，人的无意识中最重要的一项内容是本能冲动，比如性本能冲动。"本能是有机体生命中固有的一种恢复事物早先状态的冲动"②，而性本能"始终致力于使生命获得更新"③。但无论是生的本能还是死的本能，都是身体欲求的体现，都会在不同的情境下释放不同的能量。弗洛伊德在无意识理论中揭示了身体欲望的内在渊源，人总是要在欲望、本能和理性中挣扎，因而人只有在遵循快乐原则、追求现实原则和遵循社会约束力之间寻求平衡，才能逐渐构建起健康、文明的身体。拉康对欲望的论述与弗洛伊德有所不同，拉康的欲望是指无法满足的缺失，即"人的欲望就是他者的欲望"④，换句话说，人们总是在追逐金钱、权力、美色等"小他者"，并积极融入社会这个"大他者"之中。拉康的欲望理论虽侧重于探讨人格和心理，但他的理论仍是基于身体的。拉康的镜像阶段理论、自我概念的形成等思想都建立在研究身体发展过程的基础之上，探讨主体从婴幼儿时期到成年的身心变化。因而，拉康的欲望理论同样是身体理论的重要组成部分。

以梅洛－庞蒂为代表的法国现象学家确立了身体的主体地位，将身体从精神束缚中解放出来，他提出的"肉身化主体性"⑤概念，确立了身体的主

① 尼采.苏鲁支语录.徐樊澄，译.北京：商务印书馆，1997：27-28.

② 弗洛伊德.弗洛伊德后期著作选.林尘，等译.上海：上海译文出版社，2005：40.

③ 弗洛伊德.弗洛伊德后期著作选.林尘，等译.上海：上海译文出版社，2005：50.

④ 拉康.拉康选集.褚孝泉，译.上海：上海三联书店，2001：90.

⑤ Merleau-Ponty, M. *Le Primat de la Perception et Ses Conséquences Philosophiques*. Paris: Éditions Verdier, 1998: 42.

体地位。梅洛－庞蒂在《知觉现象学》（*Phenomenologie de la Perception*）中从知觉切入，探讨身体的整体结构，提出身体实际上既不存在透明的意识形态，也不存在作为物质实体的肉体形态。他的身体概念体现出身心的含混性，"在身体从客观世界退隐并在纯粹主体和客体之间形成一种第三类存在的同时，主体丧失了它的纯粹性和透明"①。梅洛－庞蒂的观点在一定程度上动摇了身心二元论，因为他以充满活力的身体替代以往的纯粹意识，肯定身体的主体地位，并形成物质存在的"第三维度"。梅洛－庞蒂又在《可见的与不可见的》（*Le Visible et l'Invisible*）中使用"肉身"一词，弱化心灵的功用，更赋予身体存在的主体地位，表明人与世界万物浑然一体的特性。梅洛－庞蒂的身体理念建立在身体的知觉经验基础上，坚持身体意向性，反对笛卡儿以来的意识意向性，支持身体主体，反对意识主体。"一方面，心灵不再独立于身体，而是寓居于身体和大地；不再是纯粹的内在，而是杂然的'此在'；不再是纯粹的我思主体，而是一个化境化的、肉身化的主体。另一方面，取代心灵地位的并不是生理意义上的身体：身体不是纯粹的物质，不是机械的外物，而是被赋予某种灵气和生机的东西，这意味着身体的灵性化。"②

三、身体的狂欢

第三阶段的身体观包含在 19 世纪末到 20 世纪中期的后现代哲学中。这个时期，来自各个领域的哲学家们纷纷跳出身心二元论的禁锢，使身体的主体地位得到张扬，使身体得以狂欢。这一阶段的主要思想家有乔治·巴塔耶（Georges Bataille）、米歇尔·亨利（Michel Henry）、威廉·詹姆斯（William James）、米歇尔·福柯、吉尔·L. 德勒兹（Gilles L. Deleuze）、布莱恩·特纳（Brian Turner）、约翰·奥尼尔和让·鲍德里亚（Jean Baudrillard）等。

巴塔耶重视身体的动物性，即非理性的一面，并将其解释为性。巴塔耶认为，性是身体的自然冲动，而这种身体的自然冲动正是人回归动物世

---

① Merleau-Ponty, M. *Phenomenologie de la Perception*. Paris: Éditions Gallimard, 1997: 403.
② 杨大春. 身体的神秘——20 世纪法国哲学论丛. 北京：人民出版社，2013：145-146.

界野蛮特性的主要途径，是对人性的挑战。他认为，身体的非理性有着强大的力量，用人身上的动物性驱赶理性，可以摧毁人性所建立的世俗世界。

亨利从肉身出发，将身体与物体进行区别，突出身体感观的重要性。他引用海德格尔的说法：桌子作为非生命体，只能被摆放于墙边，无法感知周围的任何事物；而人类身体则完全相反，它能感知周边的所有生命体，能理解它们的各种属性，例如用眼观其颜色，用耳听其声音，用鼻闻其味道，用四肢触摸其质感。[①] 亨利认为，身体的生命是与生俱来的内在体验，是绝对生命，因而他的身体观强调身体的主观性，强调生命。为了更好地论证这一观点，亨利在其《肉身化：一种肉身哲学》(Incarnation: Une Philosophie de la Chair) 中，区分了人的肉体与人的生命存在体，并引入"肉身"（chair）一词替代"身体"的表述，强化"肉身"的主体地位，突显身体原初的、本真的意义。

与亨利略有不同的是，詹姆斯用情绪理论建构其身体哲学体系。詹姆斯在情绪理论建构中表达了身体整体性的观点，身体表现复杂精细、变化繁多，因而身体有机体是一个"共鸣板"[②]。詹姆斯还指出，身体与道德通过情绪发生关联，他认为，"精细情绪"包括道德感、理智感和美感，而这些精细情绪都可归类为由身体产生的高级情绪。也就是说，无论是理智的激动，抑或是道德的感化，"我们不难发现……如果没有因正义的事件而激动，没有因慷慨激昂的行为而兴奋，那么我们的心理状态根本就不能被称为情绪的状态"[③]。詹姆斯将情绪理论与道德关联起来，提出人们面对道德的场景时，身体会发生情绪上的变化，而这种切身体验揭示出道德行为的深层根源，即道德行为的发生依赖于道德知识和道德经验。由此，身体与伦理道德在情绪上找到了紧密的结合点。

无论是巴塔耶、亨利还是詹姆斯，他们都从研究身体自身出发，张扬身体的重要性。而真正将身体狂欢推向高潮的是德勒兹、福柯、特纳、奥

---

① Henry, M. *Incarnation: Une Philosophie de la Chair*. Paris: Les Éditions du Seuil, 2000: 8.
② James, W. *The Principles of Psychology*. Shanghai: Shanghai Translation Publishing House, 2020: 450.
③ James, W. What is an emotion?. *Mind*, 1884, 9(1): 201.

尼尔、鲍德里亚等人。

德勒兹的身体观是一种身体决定论，他寄希望于欲望解码来挖掘身体的潜能，从而逐渐改变社会和政治制度。德勒兹在尼采身体本体论的基础上，将权力意志改造成"欲望机器"[1]，他认为身体和力之间有着无法斩断的联系，"界定身体的正是这种支配力和被支配力之间的关系，每一种力的关系都构成一个身体——无论是化学的、生物的、社会的还是政治的身体。任何两种不平衡的力，只要形成关系，就构成一个身体"[2]。德勒兹认为，身体正是根据这种力去竞技而不是凭个体意识去看待问题，他认为，身体跳出屈从的位置，打败意识，成为主动性的力量。德勒兹又提出，"无器官身体"[3]是一种生产力，是一部永不停息的生产性的欲望机器，它不停地生产、创造、"欲望"和生产着现实。德勒兹认为，欲望的这种积极的精神状态，可以生产现实，改变现实，甚至改造世界。

福柯将身体推向了政治层面，建立了身体政治学。福柯认为，身体和权力的关系是社会理论的核心问题。在福柯看来，身体与权力密切相关，当身体与政治权力运作发生关系时，身体就会降为机器的、被动的、奴性的、驯服的身体，并处于国家机器、社会文化和知识权力话语等的严密规训和监控之下。福柯抛弃身体现象学中残留的纯粹意识成分，主张重视身体的生理性和物质性。福柯的最终目标是摆脱精神或道德的约束，回归身体本来的物质性主体，恢复感知经验和生命活力。福柯将历史铭记在身体上，认为社会的各种权力技术都围绕身体展开，想要控制它、生产它。"身体是事件被铭写的表面（语言对事件进行追记，思想对事件进行分解），是自我被拆解的处所（自我具备一种物质整体性幻觉），是一个永远在风化瓦解的器具。"[4]与西方马克思主义者将身体主体作为核心不同，福柯的身体是

---

[1] Deluze, G. & Guattari, F. *Anti-Oedipus: Capitalism and Schizophrenia*. Hurley, R., Seem, M. & Lane, H. R. (trans.). New York: Penguin Group Inc., 2009: 31.

[2] 德勒兹.尼采与哲学.周颖,刘玉宇,译.北京：社会科学文献出版社,2001：59.

[3] 德勒兹.哲学与权力的谈判——德勒兹访谈录.刘汉全,译.北京：商务印书馆,2000：19.

[4] Foucault, M. *Language, Counter-Memory, Practice: Selected Essays and Interviews by Michel Foucault*. Bouchard, D. F. (trans.). Ithaca: Cornell University Press, 1980: 148.

权力监控下的身体；与尼采和德勒兹主动的、积极的、生产性的身体不同，福柯的身体是被动书写的身体。

奥尼尔就身体本体的形式与内容、身体与身体的关系、身体与外部世界的联系等方面提出了身体的五种形态。医学身体：将身体纳入医学研究，关注身体组织和机能。消费身体：身体既是消费的主体又是被消费的对象，人们总要满足身体的各种需求，包括身体的消费和被消费的身体。社会身体："我们以自己的身体构想社会，我们同样以社会构想自己的身体"①，人们在社会秩序之中，建构人与人、人与社会的交往模式。政治身体：关注身体与国家、权力之间的关系，以及身体在政治中的困境，与福柯的身体权力有着相同的关注点。世界身体：作为一种抽象化的身体，是由人的身体结构推衍出的关于世界和社会的组织结构，是身体的一种拓展。这五种身体的提出，将身体区分为物质形态的身体、功能的身体、文化的身体、上层建筑的身体以及拓展的身体等，使身体得到了全面深入的关注和研究。

鲍德里亚认为，身体不仅仅是物质实体，还是沾满世俗之物的符号本身。他在《消费社会》（*La sociétéde consommation*）中提出身体既生产符号又置于符号之中。②鲍德里亚的这一观点建立在拉康的欲望理论基础之上，从消费文化层面理解身体欲望，有助于人们在消费社会中建构健康的消费身体。

综上所述，西方身体观从古希腊时期伊始发展至今，身体由客体向主体转变，取得了核心地位。从古希腊时期到19世纪中叶的哲学思潮中，身心二元对立，纯粹意识决定物质，身体被排斥在观念之外，处于客体地位。苏格拉底、柏拉图、阿奎那、笛卡儿、黑格尔等哲学家们聚焦身体与灵魂/思维/精神的关系问题，推崇灵魂/思维/精神，抹杀身体的主体地位。从19世纪中叶到19世纪末的哲学思潮中，意识主体地位逐渐消退，马克思、尼采、弗洛伊德、拉康、梅洛-庞蒂等哲学家突破西方身心二元论中意识决定身体的传统，将身体推向主体地位，寻求身体解放。从19世纪末到现

① 奥尼尔.身体形态：现代社会的五种身体.张旭春，译.沈阳：春风文艺出版社，1999：42.
② 鲍德里亚.消费社会.刘成富，全志钢，译.南京：南京大学出版社，2008：121-131.

当代的现代哲学思潮中，身体逐渐得到张扬，物质性的身体代表了人类文明的方向。身体观的内涵逐渐由哲学思考转向多元文化思辨，身体的核心地位和主体地位更加突出。哲学家海德格尔、巴塔耶、德勒兹、亨利、詹姆斯、福柯、奥尼尔、鲍德里亚等在前人基础上对身体延伸出来的存在问题、两性关系问题、欲望生产问题、感官的重要性问题、情绪与伦理问题、权力政治问题、社会问题和消费文化问题等进行了多角度的探讨和思索。在多元性的身体内涵中，身体的主体性得以凸显，身体也完成了从意识客体到身体主体的华丽转身。

第三节　劳伦斯文学作品中的多元身体

什么是身体？劳伦斯哲学思想中的身体是一个内外并置的有机生命体，是一个承载着外部的社会伦理、欲望文化、权力印记和内部的情感属性、精神意识的物质实体。劳伦斯的身体理念，首先否定身体作为装纳各种组织、器官的躯壳功能，肯定身体作为生命有机体的功能。劳伦斯认为，身体的每一个部位都是活生生的生命，绝不仅是装着心智的肉体而已。他在《小说何以重要》（"Why the Novel Matters"）一文中提到，"我的手……它通过触觉与整个奇妙的宇宙相识，学到了许多的东西，认识了许多的东西"①。劳伦斯坚信人通过身体，可以感知世界、认识世界，"我的肉体，活生生的我可以认知，深刻地认识一切。至于说全部的知识，那不过是我的肉体所认知的积累，也是所有读者的肉体知识的积累"②。劳伦斯反对柏拉图以降的身心二元论对身体的贬低，应和尼采重视身体主动性和能动性的观点。

劳伦斯身体理念的萌发一方面源自他一生饱受肺结核的身体病痛之苦，以及多年旅居国外的颠沛流离之苦；另一方面源自叔本华、尼采、弗洛伊

---

① Zhu, T. B. (ed.). *D. H. Lawrence: Selected Literary Critiques*. Shanghai: Shanghai Foreign Language Education Press, 2003: 89.

② Zhu, T. B. (ed.). *D. H. Lawrence: Selected Literary Critiques*. Shanghai: Shanghai Foreign Language Education Press, 2003: 90.

德等人的思想影响。劳伦斯在其散文、旅行札记、长篇小说和短篇小说等作品中，思考活生生的生命存在，表达自己对人生、对世界、对审美的哲学思考。在劳伦斯20多年的写作生涯中，他一直身体力行，探索身体与伦理、身体与物欲、身体与权力、身体与精神、身体与两性关系等问题，揭示身体在当下社会面临的困境，并积极探寻身体解放的出路。劳伦斯希望能改变人们对身体的认知，并提出发挥身体的功能及特性，应用身体改变世界，寻求生命真谛的美好愿景。在小说中，劳伦斯的身体理念前瞻性地体现了后现代的哲学时期身体狂欢阶段主要哲学家的思想精髓，表现为以下五个层面。

一、道德伦理中的身体

劳伦斯认为身体的存在及其生命表达不应受到社会道德的过度束缚。劳伦斯在随笔中写道，道德伦理与个体身体息息相关，"道德就是我与周围世界之间的永远微微颤动和变化着的天平，这天平先于一种真正的关系而存在，同时也伴随着这种关系"①。生活中存在着是非、善恶，而道德的天平不管向哪边倾斜，总是存在着许多不确定因素，因为在一种场合下是正确的，在另一种场合却可能是错误的。因此，人是道德的动物，但不能沦为道德的机器。② 劳伦斯批判人们过分依赖道德伦理，他曾抨击列夫·托尔斯泰（Leo Tolstoy）笔下沃伦斯基与安娜的悲剧，认为二人的悲剧不在于偷情本身，而在于他们害怕社会的伦理批判。③ 在劳伦斯看来，人对于生的直觉，才是伦理选择的根本原则，无关是非、善恶的理论。因此，劳伦斯认为，最符合伦理的"道"，就是男人忠于自己的男子汉之道，女人忠于自己的女人之道，④ 男女的伦理之道，不是盲目遵从社会伦理之道，而是遵从使双方

① Zhu, T. B. (ed.). *D. H. Lawrence: Selected Literary Critiques*. Shanghai: Shanghai Foreign Language Education Press, 2003: 99.

② Zhu, T. B. (ed.). *D. H. Lawrence: Selected Literary Critiques*. Shanghai: Shanghai Foreign Language Education Press, 2003: 233-250.

③ Zhu, T. B. (ed.). *D. H. Lawrence: Selected Literary Critiques*. Shanghai: Shanghai Foreign Language Education Press, 2003: 69-84.

④ Zhu, T. B. (ed.). *D. H. Lawrence: Selected Literary Critiques*. Shanghai: Shanghai Foreign Language Education Press, 2003: 97-104.

的身体和生命得以维系的道。

劳伦斯推崇的伦理身体强调身体的直觉本能和冲动。个体身体应当是平等的，而不同的评价体系会导致身体的生存悲剧，因此，劳伦斯提倡身体应从社会道德伦理的约束中解放出来，全面形成以身体本能为主的社会伦理体系。劳伦斯的观点与尼采相似，尼采曾说过，"野蛮的、自由的、漫游着的人的所有那些本能都转而反对自己……对准这些本能的拥有者自己"[1]，人类用道德伦理的条条框框束缚住人自身的本能身体。劳伦斯曾在研究哈代小说时批判安吉尔·克莱尔、克里姆和奈特等人物，认为他们自身遵从肉体本能，而要求他人遵从社会道德伦理，最终在肉体上堕落，沦落为弱者。

二、欲望文化中的身体

劳伦斯批判资本主义工业化社会对身体的压抑，使身体淹没在人们对物质主义的欲望追逐中，无法表达出真情实感。劳伦斯在《返乡札记》（"Return to Bestwood"）中揭示了资本主义社会存在的问题，即无论是资产阶级还是无产阶级，人们都在欲望中追逐和攀比。正如拉康所说的，当欲望主体在社会关系中"存在感"缺失并被动产生接纳他者欲望的内在驱动力时，他者欲望就产生了。[2] 劳伦斯在《返乡札记》中这样写道：

> 从来没有哪个时代比我们这个时代更矫情，更缺乏真情实感，更夸大虚伪的感情。矫情与虚情变成了一种游戏，每个人都试图在这方面超过邻人。电视和电影里总是在假情真做，时下的新闻出版和文学亦是一样。人们全都沉迷于虚情假意之中。他们怀揣着它，沉溺其中，依赖它过活，浑身滋溢。[3]

---

① 尼采. 论道德的谱系. 朱红，译. 北京：生活·读书·新知三联书店，1992：63.

② Lacan, J. *Écrits: A Selection*. Sheridan, A. (trans.). London: Tavistock, 1977: 98.

③ Zhu, T. B. (ed.). *D. H. Lawrence: Selected Literary Critiques*. Shanghai: Shanghai Foreign Language Education Press, 2003: 28.

劳伦斯针对现实状况有感而发，从中揭示出人性在社会环境的种种欲望中迷失的现象。

劳伦斯在《论高尔斯华绥》（"On Galsworthy"）中，批判高尔斯华绥小说中的福赛特一家人，认为他们不是完整的人，而是堕落到生命低级状态的社会生物，因为他们追求金钱、财富，失去自由的男子气概和自由的女子气质。[①] 劳伦斯认为，只有以身体为本，才能在资本化的社会中留住人性中的真善美；只有激发身体本能，唤醒人们对美的认知欲望，才能抛却冷酷和丑陋的物质欲望。

三、权力关系中的身体

劳伦斯认同身体必然置身于社会权力斗争中，卷入权力政治关系中，但从国家和社会两个层面而言，劳伦斯反对身体服从于权力政治关系。在国家层面，劳伦斯反对国家之间的战争，因为战争使得人的身体成为殖民与反殖民对抗中的政治身体。劳伦斯认为每一块大陆都有其地域之灵，在每一片土地上生活的人都想要摆脱他国的统治，摆脱古老的权威、国王、主教和教皇们的统治，享受身体的自由。[②] 人的身体自由应该置身于充满生机的祖国之中，而不是漂泊的；人的身体自由在于服从内心的声音，而不是服从权力的统治。劳伦斯与弗洛伊德一样，相信战争体现人类对权力志在必得的冲动、人类堕落性的感知与自我毁灭。[③] 正如弗洛伊德在《文明及其不满》（*Civilization and Its Discontents*）中讨论战争时所说的，"人类相互之间原始的敌意导致的结果是，文明化的社会永无止境地受到分裂解体的威胁……来自本能的酷爱要比理性的兴趣强烈得多"[④]。在社会层面，劳伦斯批判资本主义工业社会对劳动阶级人民身体的压抑和剥削。他认为，作为主体的身体自出生起便获得了该社会的公民身份，人们应当抛却等级差

---

① 劳伦斯 . 劳伦斯文艺随笔 . 黑马，译 . 桂林：漓江出版社，2004：250-251.

② Zhu, T. B. (ed.). *D. H. Lawrence: Selected Literary Critiques*. Shanghai: Shanghai Foreign Language Education Press, 2003: 223-232.

③ 迈耶斯 . 劳伦斯传 . 朱云，译 . 南京：南京大学出版社，2020：203.

④ Freud, S. *Civilization and Its Discontents*. Strachey, J. (trans.). New York: W. W. Norton, 1961: 59.

异，将赤诚相见、亲密无间的良好关系代代相传。然而，在资本主义社会，工人阶级在权力政治中处于被压迫地位，成为权力政治的统治对象，矿工等无产者的身体被控制，成为身体机器，机械地服务于工业化发展。劳伦斯身体理念中关于身体在历史发展中被刻上权力烙印的思想与福柯的观点不谋而合。福柯曾在他的个人访谈录中提到，"身体也直接卷入某种政治领域；权力关系直接控制它，干预它，给它打上标记，训练它，折磨它，强迫它完成某些任务，表现某些仪式，发出某些信号"①。各个阶层的身体或多或少都卷入了权力政治的斗争中，资产阶级和劳动阶级更是分别走向了权力斗争的对立面。

劳伦斯认为，要想破解权力政治对身体的影响，找回完整的自我和自由的身体，首先要以身体的感受为根本，削弱社会对个人的控制力；其次要从身体出发，弘扬生命，消解社会权力的整体监控。但劳伦斯的身体自由以规避现实和逃避社会角色为前提，是一种理想状态。

四、精神观照下的身体

劳伦斯赞同打破精神高于肉体的旧观念，他认为身体是精神的载体，"灵魂和肉体应是一体"的。②劳伦斯在尼采身体哲学的影响下，认同身体是生命最原始力量的观点：这就是肉体，"一切有机生命发展的最遥远和最切近的过去靠了它又恢复了生机，变得有血有肉"③。他认为，当身体被束缚住时，精神永远不会得到解放，将身体从精神的压抑和束缚状态中解放出来，才能实现身体与精神的统一。若认为在一个被束缚的躯体内存在一个自由的精神，这纯然是一种幻想。④劳伦斯认为，精神一旦离开身体，便不再能认识任何事物了，精神只有依托于物质生活即身体的存在才能存在。

劳伦斯又将身体与精神统一于生命。身体是生命的物质基础和存在基础，身体通过自身与世界的触摸，形成认知，激发出强大的生命。劳伦斯

---

① 福柯.权力的眼睛——福柯访谈录.严锋，译.上海：上海人民出版社，1997：143.

② 劳伦斯.劳伦斯文艺随笔.黑马，译.桂林：漓江出版社，2004：169.

③ 尼采.偶像的黄昏.周国平，译.北京：光明日报出版社，1996：152.

④ 劳伦斯.劳伦斯读本.毕冰宾，译.北京：人民文学出版社，2015：254.

在给友人的书信中写道："一个人全部的生命所要努力达到的，就是让自己的生命与宇宙的、山峦的、云朵的、雷电的、空气的、地球的和太阳的强大生命相接触。这种接触就是直接的、有感知的接触，因此能从中获得活力、力量和某种黑暗的欢乐。这种纯粹赤裸的接触不需要介质和传导体。"[①]身体作为本质性的存在，有了灵魂的加持，确认内心的真情实感，才能直通生命的真谛。劳伦斯笔下的生命"是指一种闪闪发光的、有第四向度性质的东西"[②]。劳伦斯对生命意义的虔诚让"生命"这个被人们想当然的概念成为特别的存在。劳伦斯关注的不是某一种人物性格，也不是典型人物性格，而是具有生命冲力（élan vital）的整个人类，换句话说，劳伦斯观念中的身体是一种生命在世的表达。

五、两性关系中的身体

劳伦斯认为，和谐的两性关系体现出身体的功能性和情感性。身体通过亲密接触，激发出情感，令人更好地认识世界，寻找生命的真谛。

首先，劳伦斯认为应该正视两性关系，接受它，承认它，而不是贬低它，因为两性关系集神圣与世俗于一身，是人类赖以生存的基本关系之一，大可不必偷偷摸摸。他在《〈三色紫罗兰〉自序》（"A Preface to *Pansies*"）里写道：

> 我不能与我的自然构造发生争吵。可是那无耻肮脏的头脑却不肯承认它。它仇视肉体的某一部分，从而叫表示这些部位的字词当了替罪羊。
>
> ……
>
> 可它们所指的是我们活生生的肉体，是我们最基本的行为。就这样，人把自己贬为某种耻辱与恐惧之物了，而他的思想又不

---

① Moore, H. T. (ed.). *The Collected Letters of D. H. Lawrence*. Cambridge: Cambridge University Press, 1962: 190.

② Zhu, T. B. (ed.). *D. H. Lawrence: Selected Literary Critiques*. Shanghai: Shanghai Foreign Language Education Press, 2003: 101.

禁为自己对自己做下的恐惧打了一个寒战。①

劳伦斯认为两性亲密行为是由人身体的自然构造决定的，是人类生存必不可少的。正如弗洛伊德所说的，性是人的本能之一，是一种"源自体内而表现在精神上的内在刺激"②。

其次，劳伦斯认为可以通过身体的亲密接触，激发情感，认识世界，通达生命的真谛。劳伦斯在给朋友 A. W. 麦克劳德（A. W. McLoed）的书信中说："所有生命和感知的源泉都在于男人和女人，所有生活的源泉都来自两者之间的交换、相聚和混合：男人的生活和女人的生活，男人的感知和女人的感知，男人的存在和女人的存在。他们从中获取情感上的温暖慰藉、营养补给和情绪休整，从而获得对世界的正确认知，获得身心上的新生。"③劳伦斯将男人和女人比作两条生命之河，彼此向前流淌，并在一定的地方交融，随后又会分离。身体的亲密接触是男人和女人通向世俗满足的一段伟大旅程，这一段旅程是生命的流动，是人通达生命真谛的必然旅程。

劳伦斯在尼采、弗洛伊德等思想家的影响下，极其看重身体，其有关身体的思想又基于自身的经历和体验，有着自身的出发点和立场，这是从身体出发形成的一种身体理念。劳伦斯在他的文学创作中，以身体主体为对象，以身体直觉的本能和冲动为认知途径，以身体实体为精神的载体和生命的基础，是一种身体本体论的思想。

---

① 劳伦斯.《三色紫罗兰》自序 // 劳伦斯. 劳伦斯文艺随笔. 黑马，译. 桂林：漓江出版社，2004：265.
② 弗洛伊德. 爱情心理学. 林克明，译. 北京：作家出版社，1986：44.
③ Moore, H. T. (ed.). *The Collected Letters of D. H. Lawrence*. Cambridge: Cambridge University Press, 1962: 279.

第四节　研究思路、研究目标及研究价值

一、研究思路

　　本书以劳伦斯的《逾矩的罪人》《白孔雀》《彩虹》《恋爱中的女人》与《查泰莱夫人的情人》等五部小说中的身体为研究对象展开分析。这五部作品分别从伦理、欲望、权力、精神、两性关系等五个视角体现出劳伦斯身体理念中的核心价值观。而劳伦斯的身体理念也恰与后现代时期哲学家们的身体观有着异曲同工之妙，具有前瞻性和引领性。劳伦斯打破传统的身心二元，构建出自我—他者—世界三位一体的身体，探索个体的本能需求（自我）、他者对个体的期望（他者）和社会对个体的要求（世界）之间的有机联系，呈现了具有其特色的身体观。因而，本书在文本细读的基础上，借助跨学科研究视角，通过文学与社会学、文化学、心理学等多个学科互动，着重考察劳伦斯小说中身体的伦理问题、身体的欲望表现、身体与权力的关系、身体与精神的离与合以及身体与两性关系等问题，系统性地挖掘劳伦斯在小说中表达的身体理念，探索身体在能指狂欢的当下社会如何摆脱困境，实现身体功能，体现生命价值。

　　本书的第一部分是绪论，梳理了研究现状、理论来源、关键词、研究思路、研究目标和研究价值。除绪论和结语外，本书主体部分由五章组成，其讨论的核心问题如下。

　　第一章考察《逾矩的罪人》中身体的伦理问题，通过论述小说中呈现的人的伦理困境、伦理选择及其悲剧根源，揭示劳伦斯如何通过个体的伦理反叛挑战社会传统，体现他的生命关怀。该章第一节阐释小说中人的伦理困境是什么；第二节论述人在伦理困境中如何进行伦理选择，选择的结果是什么；第三节探讨人的伦理选择的悲剧根源是什么，以及悲剧结局如何传递出劳伦斯的生命关怀。

　　第二章探究《白孔雀》中身体的欲望表现，阐明身体在欲望文化中的困境与出路，揭示身体本能恢复的可能性，即身体摆脱物质欲望对人性压抑和束缚的可能性。该章第一节分析社会身体如何在物质欲望的追名逐利中

追寻理想自我；第二节阐明消费身体如何在欲望的物质消费、情感消费中实现自我理想；第三节探究身体在欲望文化中陷入悲剧的必然性和偶然性。

第三章探讨《彩虹》中身体与权力的关系，通过探讨身体在权力关系中的困境及走出困境的途径，考察劳伦斯在身体与权力政治的对抗中如何寻找平衡，实现身体的重生。该章第一节分析身体在家庭、社会、政治等权力关系中的困境是什么；第二节着重讨论身体在权力关系的各种困境中是如何反抗的；第三节重墨揭示身体在权力关系中如何获得重生。

第四章挖掘《恋爱中的女人》中身体与精神之间分离、统一的关系，探讨劳伦斯如何在死与生主题中揭示身心的密切联系以及他回归身体的理想。该章第一节揭示身体与精神在凝视与被凝视下分离的困境；第二节阐释资本关系中身心异化的社会现实；第三节阐释身体与精神在"向死"与"向生"中如何实现统一，体现生命意义。

第五章探析《查泰莱夫人的情人》中身体在和谐两性关系中的复苏与生命回归，阐释作为主体的身体在和谐两性关系中实现情感升华的过程，揭示劳伦斯的身体观与生命观。该章第一节重点关注作为主体的身体在两性关系失调中的情感困境及其根源；第二节探讨身体在和谐两性关系中如何实现身体官能的复苏和情感升华；第三节探寻身体在和谐两性关系中如何体现生命本质。

二、研究目标及研究价值

（一）研究目标

本书聚焦劳伦斯小说中的身体理念，主要有以下三方面的研究目标。

（1）采用跨学科研究方法，借助社会学、心理学、文化学等学科，完成对劳伦斯身体理念的整体研究，揭示其文学理论价值。

（2）从身体的社会性、文化性、政治性、精神性和情感性等多个维度切入，综合考察并阐明身体内涵、身体困境、身体解放等问题，揭示其社会意义。

（3）从小说文本中的身体出发，联系现实中的身体，阐明劳伦斯身体理念中批判工业社会对身体的剥削、压抑，提倡以身体为本的思想，揭示回归生命本真的现实意义。

（二）研究价值

本书有以下三方面的研究价值。

（1）文学价值。以劳伦斯小说中的身体为研究对象，整体研究劳伦斯的身体理念，并结合社会、心理、文化、情感、权力政治、生命等主题，拓展劳伦斯作品研究的多元性和系统性。

（2）社会价值。以劳伦斯的身体理念观照处于身体狂欢社会中的人类，探讨人们面临的身体与伦理、身体与消费、身体与权力监控、身体与生死、身体与两性关系等问题，为人们正确看待身体，以身体表达生命、体现生命本质提供启发。

（3）理论价值。劳伦斯的身体理念注重身心统一，强调身体的重要性，为"身体转向"的进一步理论研究提供参考。此外，劳伦斯的身体理念在同时代作家的作品中是否有广泛的存在性，这一点仍具有进一步研究的价值和意义。

第一章

《逾矩的罪人》中身体的伦理问题

　　《逾矩的罪人》描述了西格蒙德婚姻失败，寻求婚外情，最终因不堪忍受社会现实压力，导致伦理失衡，选择自杀的故事。小说因写作手法较为生涩、故事性不强而淡出了大众视野。学界对该小说的关注度不高，对其的研究主要局限于小说的自传特性和道德意识等话题。如露易丝·莱特（Louise Wright）认为小说内容有较大的自传成分；[1] 伊芙琳·J. 欣茨（Evelyn J. Hinz）指出小说内容虚实相间，呈现出现实和虚幻交织的悲喜剧模式。[2] 王正文、程爱民认为该小说聚焦社会现实，以心理描写、自然描写等方式呈现个体追求和个体理想与社会伦理之间不可调和的矛盾。[3] 这部小说呈现的身体问题，即身体在社会伦理的三种形态中陷入的伦理困境和做出的伦理选择尚未得到解答。

　　在西方伦理思想史的发展中，出现了三种社会伦理的基本形态，分别是经验伦理、理性伦理和实践伦理。经验伦理以亚里士多德为代表，是指"人的活动是灵魂的遵循或包含着逻各斯的实现活动"[4]，即通过遵循道德的内在规律，发挥道德经验对人类社会活动的制约作用。人在社会活动中受

---

[1]　Wright, L. Lawrence's *The Trespasser*: Its debt to reality. *Studies in Literature and Language*, 1978, 20(2): 230-248.

[2]　Hinz, E. J. *The Trespasser*: Lawrence's Wagnerian tragedy and divine comedy. *D. H. Lawrence Review*, 1971, 4(2): 122-141.

[3]　王正文，程爱民. 试论《逾矩的罪人》的社会意义及创作特色. 外国文学研究，1998（3）：53-54.

[4]　亚里士多德. 尼各马可伦理学. 廖申白，译注. 北京：商务印书馆，2003：20.

到感性的、具体的、经验的社会伦理制约。理性伦理以康德为代表，是指人类以理性方式思考伦理问题，并按照理性制定道德律来规范人类社会活动的伦理形态。因此，在社会活动中，人经过理性思考后会形成制约人行动的伦理约束。实践伦理以马克思为代表，是指从实践角度剖析社会关系，既有理性指导又结合感性思维的伦理形态。这种伦理基于实践所建构起来的社会关系，具有自身存在和发展的动力，目标在于制约和规范人类的实践活动。

伦理困境，即伦理悖论（ethical dilemma），是指选择者在两个原本并不矛盾的道德命题面前选择。若在各自的道德命题中单独做出判断，那么选择哪一个都是正确的，即都符合社会道德原则。然而，选择者若在这两个道德命题之间选择其中一项，则会导致另一项违背基本的道德原则。① 正如英国哲学家罗伊·索伦森（Roy Sorensen）所说的，"悖论是使我们踟蹰于太多的好答案之间的问题"②。"一方面，伦理选择指的是人的道德选择，即通过选择达到道德成熟和完善；另一方面，伦理选择指对两个或两个以上的道德选项的选择，选择不同则结果不同，因此不同选择有不同的伦理价值。"③

鉴于此，本章尝试以具身伦理（embodied ethics）理论为观照，结合文学伦理学批评，剖析这部小说中个体的伦理困境、伦理选择及其社会根源，集中探讨个体身体本能需求、他者期望和社会要求之间失衡的困境，重点关注以下几个问题：小说主人公西格蒙德面临哪些伦理困境？面对困境，他做出了怎样的伦理选择？这一伦理选择的悲剧根源是什么？

第一节　身体自由与社会道德间的伦理困境

身体的伦理困境是身体在社会存在中面对各种道德规范的束缚和价值观的评判时所面临的两难问题，因为我们的身体可能不只属于个体，它还

---

① 聂珍钊. 文学伦理学批评导论. 北京：北京大学出版社，2014：262.
② 索伦森. 悖论简史：哲学和心灵的迷宫. 贾红雨，译. 北京：北京大学出版社，2007：前言 1.
③ 聂珍钊. 文学伦理学批评导论. 北京：北京大学出版社，2014：267.

是别人的合法资产，甚至是社会网格中的一个因子。身体的社会性在于身体置于整个社会大环境下，并深受其影响，正如安东尼·吉登斯（Anthony Giddens）所说的，身体既是一种社会存在，又是一种社会之外的实体存在，还受到其所从属的社会规范、价值观念及人自身的社会经验影响。[①] 从身体情绪与社会道德之间的失衡和身体的多重身份冲突两个视角出发，基于聂珍钊的文学伦理学批评和威廉·詹姆斯的具身伦理理论，我们可以深入阐明《逾矩的罪人》中身体伦理困境的多重内涵，揭示劳伦斯以身体为本，关注生命，想要以身体反叛伦理的方式改变社会现状的身体观。

一、身体情绪与社会道德失衡的伦理困境

身体作为情绪的主体，在情绪活动中发挥着重要作用。情绪是我们的"身体化的自我"与环境结合在一起的结果。[②] 情绪分为粗糙情绪和细致情绪，粗糙情绪是指人的喜、怒、哀、惧等情感体验，能在身体上呈现出一定的生理反应；细致情绪即高级情绪，或称高级情感，如道德感、美感、理智感等，高级情绪一般不会直接在身体上体现出来。[③] 身体情绪需要符合社会道德规范，才能实现身心和谐，反之就会陷入身体伦理困境。在小说《逾矩的罪人》中，从情绪的道德感、美感和理智感三方面切入，我们可以清晰地看到西格蒙德面临的困境。

首先，西格蒙德面临着个体身体快感与社会道德规范失衡的伦理困境。维多利亚时期以来的英国传统道德观念，有着极高的道德操守与言语、行为规范。小说主人公西格蒙德的道德观念、言行举止受制于社会道德理念。当他与情人海伦娜同乘一列火车时，他一路上都感觉很不自在，怕别人看穿他的不道德；当他与海伦娜的情人关系暴露在房东太太面前时，他感到尴尬和拘束。"西格蒙德内心中因羞耻而感到苦恼不安"，"它一直紧紧拽在我内心的某个地方，几小时来一直在提醒我——嗯，其他所有的人对我的

---

① 吉登斯. 社会学. 赵旭东, 等译. 北京: 北京大学出版社, 2003: 182.

② Spackman, M. P. & Willer, D. Embodying emotions: What emotion theorists can learn from simulations of emotions. *Minds & Machines*, 2008, 18(1): 357-372.

③ James, W. What is an emotion?. *Mind*, 1884, 9(1): 201.

看法是什么"。① 但是西格蒙德又很看重个体的身体快感和情感需求，他需要从海伦娜那里获得愉悦的生理体验和情感满足，"受到这样的爱抚，西格蒙德浑身不禁颤抖了一下……此时西格蒙德已全然忘却了他们正站在一条公用小道上，身处光天化日之中"（40）。西格蒙德和海伦娜的感情是凌驾于道德伦理之上的互取所需，海伦娜是他欲望满足的对象，而他是海伦娜的精神控制对象。虽然这种情爱的需求本身是有一定合理性的，但违背婚姻法则的偷情是被社会伦理道德斥责的。西格蒙德既要从身体与社会之间的联系中获得存在的意义，又要从个体身体的感受中获取一种生命的意义。他无法平衡身体快感和社会道德伦理规范的冲突，陷入了伦理困境。

在个体身体快感与社会道德规范之间，劳伦斯更重视个体的身体表达和个体的身体需求，并在他的小说和生活中予以了体现。劳伦斯在小说中毫无避讳地描绘身体，描写主体追求身体快感，打破传统道德思想束缚，突破社会道德底线的行为。他详细描写了西格蒙德与海伦娜第一次在大自然中的亲密行为，将西格蒙德对社会道德批判的惧怕和为了个体身体快感而肆无忌惮地冲破一切阻碍的矛盾状态描写得淋漓尽致，"他全身的血液都生气勃勃，有思想，有知觉，朝着海伦娜奔流过去，他就这样一动也不动地坐着，和海伦娜紧紧地连在一起了，忘记了一切"（46）。在现实中，劳伦斯曾与欧内斯特·威克利（Ernest Weekley）教授的妻子弗里达（Frida）冲破社会道德的约束，共同追寻违背伦理的爱情。但是，劳伦斯一面经历刻骨铭心的爱情，一面受到社会道德的谴责，他对弗里达说，因为爱，所以他希望公开二人的关系并一起离开。② 劳伦斯用小说阐释了他的这段亲身体验，对他来说个体只有首先满足自身身体的需求，才能与社会建立良性关系，但个体身体需求的满足要以符合公序良俗为前提。

其次，西格蒙德面临着身体审美与社会道德责任失衡的伦理困境。在小说中，西格蒙德以演奏小提琴为谋生的手段，他努力演奏、赚钱来缓解

---

① 劳伦斯. 逾矩的罪人. 程爱民，裴阳，王正文，译. 南京：译林出版社，1994：131. 以下小说译文如来自该中译本，则只标页码，不再赘述具体文献信息，未注明中译文页码处则为笔者自译.

② 劳伦斯. 不是我 而是风：英国作家劳伦斯的一生. 辛进，译. 北京：生活·读书·新知三联书店，1992：4-5.

社会压力。劳伦斯用拟人的手法写道:"这把琴极想休息,几乎想出病来。"(19)因为在资本社会,身体是人们"达成某项目的的一种技术手段,输出与生产的物化因素",身体作为一台机器,其工作任务就是尽可能地输出劳作与能量,最终被资本家掠取,① 因而主体无法回避社会道德所赋予的责任和义务。西格蒙德亦不得不完成社会道德赋予的超出他能力范围的责任和义务。重压之下,他迫切需要追寻一种审美自由。西格蒙德觉得自己找到了,在海岛上"月亮涉过浅滩似的白云,那情景令人心旷神怡"(57),"他将身体裸露在朝晖之中,由于受过大海的爱抚,他的身体闪闪发亮"(63)。正因为身处自然环境之中时,"人的视觉、触觉、听觉、嗅觉和味觉都很活跃"②,鉴赏对象也强烈地作用于我们的全部感官③,人的身体享受到纯粹的美。然而,身体在工业化社会变成机器态身体,它的存在形态制约着人的审美自由,所以,西格蒙德不能在社会道德赋予的责任和义务中找到美,也无法在审美自由时履行责任和义务,但是身体渴望审美自由的本能却无法被遏制,两者之间的矛盾就产生了。

然而,如何兼顾个体渴求审美的感性和遵循社会道德的理性,不仅是西格蒙德的困境,也是劳伦斯一生都在纠结的焦点。劳伦斯年轻的时候,母亲强烈的恋子情结阻碍了他与女友钱伯斯(Chambers)的发展,他受困于对母亲的孝道和对女友的爱情冲突中。这一困境对他的恋爱婚姻生活产生了巨大的影响,"劳伦斯同样畏惧性,而且他对母亲反常的依恋令他有了心结,没办法在青年时与一个女人确立合适的关系"④。劳伦斯一生由于战争和身体原因,一直在异国他乡游历,心怀对祖国的眷恋却成为异国他乡的边缘人,又成为国人眼中的局外人。劳伦斯仿佛在西格蒙德身上注入了自己的灵魂,他们在享受着大自然美的同时,又承受着巨大的社会压力。

再次,西格蒙德面临着身体体验与社会道德认知失衡的伦理困境。西

---

① 希林.身体与社会理论.李康,译.北京:北京大学出版社,2010:34.

② 柏林特.生活在景观中——走向一种环境美学.陈盼,译.长沙:湖南科学技术出版社,2006:27.

③ 卡尔松.环境美学——自然、艺术与建筑的鉴赏.杨平,译.成都:四川人民出版社,2006:10.

④ 迈耶斯.劳伦斯传.朱云,译.南京:南京大学出版社,2020:53.

格蒙德的困境在于他与世界打交道的两种方式发生了冲突，诚如威廉·詹姆斯在他的身体哲学体系中提到的，人一方面以知识来认知世界，另一方面以体验来感受世界。由于理智感的缺失，西格蒙德的道德认知与切身体验之间不协调，导致了生活中的重重矛盾。他和情人海伦娜出去度假是否符合道德伦理？他决定出去度假时，妻子是否有权知道他和谁去了哪里？他计划回家时，是否应该发电报告知家人？半夜，小女儿问他为什么要出门时，他是否应该留下来陪女儿？西格蒙德不敢以道德知识认知世界，他知道自己违背道德，他害怕遭受谴责，害怕遭到冷漠，"他缩作一团地躺着。他的内心似乎近于疯狂。他觉得自己无论如何无法起身去面对他们大家"（220），但他又不能以自身的身体体验坦诚面对世界，"他的思绪活跃在想象之中，而他自己却在想象中被毁灭了"（200）。人们对身体的主观感受和身体的活动体验是思想的基础内容[①]，身体运动是心理现象的前提，心理现象又引起身体运动。西格蒙德的思想本应在身体情绪与言语行为的相辅相成中形成，但他却不断陷入"是与否""做与不做"的困境中。

西格蒙德面临的个体切身体验和社会道德认知不和谐问题是劳伦斯特别关注的论题。劳伦斯希望通过提升对身体切身体验的重视，来抵制伦理道德的束缚，改变社会现状。劳伦斯的这一思想比较极端，忽视了人的社会性需求和道德约束，仅以人的身体需求为第一向度，过分追求人的体验在认知中的重要性。而劳伦斯对身体体验的关注与詹姆斯的具身伦理理论异曲同工。具身伦理关注人的认知与体验的关系，把身体置于世界之中，以身体体验为主，在身体与世界互动的过程中将大脑作为认知的载体。劳伦斯同样认为人在世界上的体验极其重要，它直接决定身体的状态。劳伦斯的观点体现在他描绘西格蒙德自小岛度假回家后的状态，小说里这样写道：

过去几天里他被激起的诗一般的激情都统统消失了。他无力地坐在那里，生命在他的体内缓慢地挣扎着。经过爱情、美景与

---

① 董晶晶，姚本先. 威廉·詹姆斯与具身认知心理学. 心理学探新，2017（3）：202.

阳光的陶醉之后，他开始枯萎了，恰似一株开放得过于绚烂和狂热的植物，已经耗尽了自己的力量。此刻他的生命只能在遭到阻塞、受到破坏的通道上挣扎。（224）

这一段描述真实表现了西格蒙德的身体感受，体现出身体的强健与思维的活跃是紧密相连的。

西格蒙德的身体伦理困境，有着外部和内部两方面的原因。一是由于社会伦理制约人的程度极深，劳伦斯通过呈现身体在道德伦理中的情感困境，以此挑战社会传统。"伦理一般指已经形成并为人们所认同、遵守和维护的集体的和社会的道德准则与道德标准。"[①] 西格蒙德的伦理困境在于他公然违背道德伦理，引起公愤，使个体陷入不道德的深渊。二是由于西格蒙德自身经验不足，不具备道德行为能力。因为伦理行动的触发并不依赖对道德知识的掌握，而依赖于伦理经验，但道德根深蒂固地潜藏在身体与整个社会环境的相互作用之中，并受到身体的控制，所以，在真实的伦理行动中，即使具备道德原则知识也并不一定意味着具备道德行为能力。西格蒙德存在自身缺陷，致使个体陷入伦理困境。

简而言之，以小说主人公西格蒙德为代表的身体主体在追求个体身体快感和遵守公共道德之间，在追求个体审美自由与履行道德责任之间，在个体切身经验与道德伦理认知之间陷入了困境，这种困境体现出身体与社会伦理之间的双重关系：社会伦理压抑身体，身体反抗社会伦理。

二、多重伦理身份冲突的伦理困境

个体的伦理困境还体现为个体拥有多重伦理身份，但无法协调多重身份之间的矛盾，实现自我身体的和谐。身份是个体在社会生活中以何种形象存在的主要标识，个体的伦理身份"从来源上说可以分为两种，一种是与生俱来的，如血缘所决定的血亲的身份；一种是后天获取的，如丈夫和妻子的身份"[②]。在文学作品中，有关身份的描述都在为人的伦理选择做铺垫，如

---

① 聂珍钊.文学伦理学批评导论.北京：北京大学出版社，2014：254.
② 聂珍钊.文学伦理学批评导论.北京：北京大学出版社，2014：263.

个体以其所拥有的身份来规范自己的行为，或个体通过自我努力来获取想要的某种身份等，这些文学表达都说明个体的身份在个体做伦理选择时起着警醒作用或教育意义。[①] 社会伦理要求个体身份同其道德行为处于同一向度，因而"伦理身份与伦理规范相悖，于是导致伦理冲突"[②]。小说中西格蒙德多重身份交织中的困境，是一种由伦理身份混乱所导致的伦理困境。

首先，西格蒙德的多重身份困境表现为丈夫和情人身份的冲突。人有时为了获得自己的情感满足而难以遵守相应的道德伦理，因而陷入伦理困境。西格蒙德的丈夫身份受到道德伦理的约束，而他与其他女性发展的情人身份受到道德伦理的谴责。丈夫身份要求西格蒙德遵循婚姻伦理规范，忠于家庭；情人身份却使西格蒙德从中获取情感的满足和自由，少了一份责任和义务。选择前者，他将不能获得情感的满足和自由；选择后者，他将遭到来自妻子和社会对他背叛婚姻的谴责。

西格蒙德的丈夫与情人双重身份伦理困境起源于劳动者在资本社会中的生活困境。由于工业社会的经济急速扩张，没有资本支撑的广大劳动者成了被剥削的对象。西格蒙德处于社会底层，拿着微薄的收入，养一大家子，早已失去与妻子恋爱时一起欣赏音乐与艺术的精神共鸣。小说多次从侧面描写西格蒙德的生活状态，体现劳动者在工业社会中生存的艰难情境。比如通过房东柯蒂斯太太和海伦娜的对话来反衬西格蒙德的工作压力：

> "我说你们俩看起来好多了。"柯蒂斯太太说。她瞥了一眼西格蒙德。
>
> 他挤出一丝微笑。
>
> "我记得您来这里时显得十分憔悴。"她同情地说。
>
> "他一直在拼命地干活。"海伦娜说，也瞥了西格蒙德一眼。
>
> （169）

再如通过描写西格蒙德面对生活压力时的逃避作风来展现他所面临的

---

① 聂珍钊.文学伦理学批评导论.北京：北京大学出版社，2014：264-265.
② 聂珍钊.文学伦理学批评导论.北京：北京大学出版社，2014：264.

生存危机，"他畏缩不前。他发了狂似的想找一种方法能逃避明天及其后果。他不想走。除了回去，做什么都行"（156）。

西格蒙德的丈夫与情人双重身份伦理困境源于兽性因子与人性因子 ①在他身上的交战。西格蒙德与海伦娜的这一段情感发展正是兽性因子压倒人性因子，遵从身体本能的驱遣，脱离理性约束，成为社会规范之外的人的一次尝试。然而，只要人性因子开始占据掌控地位，西格蒙德便会陷入伦理身份困境中。"他将她遗弃，让她处于如此深重的烦恼之中而自己却在别处寻欢作乐。这幅情景实在让人不忍多想，令人无法忍受"（200），而他自己"永远不会有足够的钱把海伦娜永远留在身边。因此他们的来往只能偶尔为之，还得在暗中进行"（200）。西格蒙德的身份困境起源于社会环境的不公，发展于自身能力的欠缺。

其次，西格蒙德的多重身份伦理困境表现为父亲与情人身份的冲突。西格蒙德的父亲身份要求他在情感上建立与孩子的良好亲子关系，承担抚养的义务和责任；他的情人身份促使他与情人卿卿我我，获得身体和情感的满足。西格蒙德既想维持父亲身份，亲近孩子，承担抚养责任，又想追求自己与情人的情感满足。然而，西格蒙德忙于赚钱养家，原本已经缺乏与孩子亲近的机会，极少与子女有效交流，有婚外情之后，他更是常常撇下孩子，与情人约会。西格蒙德的行为引起了子女的反感和排斥，他也常常因为两者不能兼顾而苦恼不已。西格蒙德意识到他想要海伦娜，也想要孩子，但如果他拥有了其中一个，就会被想要另一个的想法所诅咒。在多种身份交织的困境中，情人海伦娜是关键人物。而海伦娜像孩子般无限地索取，却无法提供西格蒙德安定的未来生活；又像蚕茧似的束缚着西格蒙德，控制他的感情，致使他陷入伦理困境之中。海伦娜的自私自利和强烈控制欲令西格蒙德窒息，是导致西格蒙德自杀的导火索之一。

劳伦斯对多重身份冲突的伦理困境有着切身的感受，从西格蒙德这个人物身上，我们可以看到劳伦斯的影子。虽然《逾矩的罪人》的故事基于海伦·科克（Helen Corke）提供的日记素材，但更源于劳伦斯自己的生

---

① 聂珍钊.文学伦理学批评：伦理选择与斯芬克斯因子.外国文学研究，2011（6）：1-13.

活。① 故事原型科克也说过这个故事经书写后是一个劳伦斯式的故事，小说里的西格蒙德像极了劳伦斯，而小说中的西格蒙德认为自己是一个"道德懦夫"②，他与海伦娜之间关系的失败源于他总是逃避义务。由此可知，科克影射了劳伦斯在处理情感时的犹豫态度。③ 这部小说共 31 章，其中第 3 到第 19 章的内容源于对科克日记素材的文学处理，而小说开头和结尾虽然篇幅不长，但倾注了劳伦斯注重身体体验的核心思想。然而，小说毕竟是小说，不是真实的生活体验，生活中很多无解的事件，在文学作品中总能有个结局，而且在"在文学作品中，由于悖论是可以解决的，无论解决的结果如何，都能给读者带来有益的思考和道德启示。正是因为这一特点，文学作品中的悖论才具有伦理价值"④。小说中做出的伦理选择昭示了作者劳伦斯的伦理取向。

第二节　身体自由的伦理选择

在《逾矩的罪人》中，西格蒙德在面临伦理困境时做出了怎样的伦理选择？他的选择传达了劳伦斯怎样的伦理倾向和价值观念？伦理选择过程和选择结果因选择的伦理性质不同而不同，伦理选择结果与选择者的性格与判断能力等诸要素之间的差异密切相关。因而，不同选择者在面临伦理困境时的表现大为不同，有的表现为优柔寡断，备受煎熬，有的表现得果断坚决，心安理得。选择者在面临伦理困境时的认知表现和心理过程实际上揭示了作者的伦理倾向和有意传达的价值观念。⑤ 西格蒙德在身体情绪自由与责任之间选择情绪自由，并采用空间转移的方式取舍伦理身份，其伦理选择揭示了普通劳动阶层在资本主义社会中的现实生活。劳伦斯以西格

① Wright, L. Lawrence's *The Trespasser*: Its debt to reality. *Studies in Literature and Language*, 1978, 20(2): 230.
② Corke, H. The writing of *The Trespasser*. *D. H. Lawrence Review*, 1974, 7(3): 235.
③ Moore, H. T. (ed.). *The Collected Letters of D. H. Lawrence*. Cambridge: Cambridge University Press, 1962: 134.
④ 聂珍钊. 文学伦理学批评导论. 北京：北京大学出版社，2014：255-256.
⑤ 聂珍钊. 文学伦理学批评导论. 北京：北京大学出版社，2014：267-268.

蒙德在出轨经历中面对的抉择为反传统道德伦理的镜像，并不符合现实社会的道德秩序，不能真正解决社会问题，但劳伦斯正以其"以毒攻毒"的方式，引起社会讨论，体现了他的生命关怀，为改变工业社会压抑人性的现象抛砖引玉。

一、身体情绪自由与社会道德之间的伦理选择

西格蒙德的伦理困境是身体情绪自由与社会道德之间失衡造成的悖论，必然需要经过伦理选择得以化解。由于"逻辑悖论是绝对的，无法解决的，而伦理悖论不是绝对的，无论结果怎样，往往最终都得到了解决"[1]。因而，通过伦理选择去化解情绪自由与社会责任间的悖论关系，是每一个社会人区别于动物的重要特质之一。那么主体是否能在履行责任和义务的同时享受情绪自由？我们将逐一分析西格蒙德在身体情绪的三个困境中进行伦理选择的前因后果，揭示其伦理选择的根源，以及劳伦斯的态度。

首先，在身体快感与社会道德规范之间，西格蒙德选择了不彻底的身体快感自由。西格蒙德选择满足生理自由，罔顾社会道德规范，体现了劳伦斯对传统道德观的挑战。亚伯拉罕·马斯洛（Abraham Maslow）将人的需求分为生理需求、安全需求、归属和爱的需求、尊重需求和自我实现的需求。[2] 其中，生理需求是最基本的需求，任一更高层次的心理需求都建立在生理需求的满足之上。生理需求作为个体身体快感的源泉，是身体情绪的重要来源。因此，西格蒙德选择追求身体的生理需求，是他追求身体情绪自由的表现。因为人有满足身体生理需求的自由，这是人的本能，也是身体的物质基础；自由是人类存在与生活特征的中心[3]，是伦理的基础与依据。然而正如康德所说的，人的身体要遵循社会的道德和法律才能获得真正的自由，因此西格蒙德的自由是不彻底的自由。但针对生理自由与道德伦理的悖论关系问题，劳伦斯认为社会道德不应凌驾于个体身体之上。他在随笔《小说》（"The Novel"）中提出对道德的批判，抨击托尔斯泰在《安娜·

① 聂珍钊. 文学伦理学批评导论. 北京：北京大学出版社，2014：255.
② Maslow, A. H. A theory of human motivation. *Psychological Review*, 1943, 50(4): 370-396.
③ 麦金太尔. 伦理学简史. 龚群，译. 北京：商务印书馆，2003：269.

卡列尼娜》（*Anna Karenina*）中对沃伦斯基和安娜的道德责难，他坚信正是这道德责难毁了这部小说。而在《逾矩的罪人》中，西格蒙德是劳伦斯笔下小心翼翼地反抗社会道德的人物。西格蒙德迫切渴望得到年轻身体的爱抚，哪怕他与海伦娜没有在精神上达成共鸣，但他仍觉得，"只想同她在一起，只想让自己的过去和将来燃烧于一股激情之中，这比几年的生活还要值得"（37），这足见他在婚姻中遭受的痛苦之深，以及对身体自由之渴望，但西格蒙德性格懦弱，不敢彻底背弃婚姻和家庭的道德伦理。劳伦斯认为真正逾矩的，不是西格蒙德的肉体出轨，而是他对社会的反叛，但在西格蒙德的犹豫和彷徨中，我们也看到了劳伦斯以肉身反叛社会道德的纠结。虽然劳伦斯本人赞同在身体的自由中寻求人类的解放，他想要让一次次的反叛成为改变社会的奠基石，而他自己与弗里达私奔的爱情故事正是他反叛社会道德的一个现实例证，但他同时忍受了多年的道德谴责和心灵的煎熬。

其次，在身体审美自由与社会责任之间，西格蒙德选择了被压抑的审美自由。西格蒙德以两种方式追寻审美自由，以便挣脱社会责任的重压。一是选择将自身融入美的自然中。西格蒙德怀着对美景的憧憬，来到海岛，享受美丽风光，暂时将家庭琐碎事务和家庭经济压力放置一旁，追寻身体短暂的自由。"几年来他一直压抑着自己的灵魂，在绝望中机械地履行着自己的职责，忍受着其余的一切……现在他就要完完全全地挣脱出来了，至少他可以享受几日纯属他自己的欢乐了。"（21）二是选择沉醉于美的艺术中。西格蒙德擅长音乐，他喜欢讨论曲谱，脑海里也经常充满著名的乐章，"他的身体随着乐章的节奏晃动着"（203）。"如果我腰缠万贯……便不存在任何障碍了，我可以给每个孩子足够的钱，还有比阿特丽丝，那样我们就可以远走他乡了"（200），尽情享受演奏带来的美好生活，比如去美国的城市演出，而不用为劳动赚钱而烦恼。西格蒙德的审美自由，以摒弃社会责任为前提，被社会现实所排挤，是一种压抑的自由，并不是真正的自由。劳动是身体的责任和义务，个体身体无暇停下脚步兼顾身边的美，美只可远观不可亵玩；劳动也是身体创造社会价值的必要手段，个体身体千方百计利用艺术来创作价值，艺术成了谋生的手段。因而审美始终在社会劳动责任的阴霾笼罩之下，成为一种压抑的美。

如何平衡审美与承担社会责任之间的关系，对个体来说显得格外重要。西格蒙德选择审美自由，没有将社会劳动责任置于至上的地位，体现出劳伦斯对社会责任的反思。劳伦斯认为，身体审美应当被摆在一个优先重要的位置，只有当身体亲近自然，当身体的感官吸取大自然的色彩、气味，触摸着天地之精华时，人才能真正感知到自然美和艺术美。正因如此，劳伦斯小说中的男女亲密行为大多在大自然中发生，如《恋爱中的女人》中的伯金和厄秀拉在草丛中，《查泰莱夫人的情人》中的康妮和梅勒斯在树林里等。劳伦斯通过最为自然而大胆地描绘身体感受的方式，揭示身体的艺术之美，而这一切与社会责任无关。

再次，在身体体验自由与道德认知之间，西格蒙德选择了身体体验自由。西格蒙德缺乏理性，以感性为主导，从身体本能出发，用行动表明他选择"我行我素"的身体体验自由。但西格蒙德的这一选择似乎与20世纪的理性观念格格不入。人在现代社会里被赋予的责任是个人基于主体外在自由的类理性责任①，也就是说理性关注主体身体的外在因素对个体的影响，忽略身体内在的感受，而个体身体的本能总是被非理性驱动的。身体归于理性世界的理性认知思想从康德开始得到发展，康德认为，由于我们实践能力的主观构造，"道德规律的必须表现为命令，符合于这些规律的行动的必须表现为职责，而且理性把这种必然性不是以一个'是'或者'发生'（即存在或事实）来表达而是以'应该是的'（即义务）来表达"②，只有遵循理性世界的道德、法律等才能获得真正的自由。因此，个体在自由与责任之间选择时，理性往往占据重要地位。身体的非理性认知则可以追溯到古希腊时期的亚里士多德，他认为，"人的每种实践与选择，都以某种善为目的"③，用感性、具体、经验的非理性认知指导自身行为才能体现真善美。所以，西格蒙德的非理性选择体现了劳伦斯对身体自由的向往，但西格蒙德的矛盾和困惑，又体现出劳伦斯思想上的犹豫及其思想理念所受到的外界

① 郑富兴.从习俗伦理责任到道德责任——西方责任伦理思想的现代性变迁.伦理学研究，2011（3）：47-51.
② 康德.判断力批判（下卷）.韦卓民，译.北京：商务印书馆，1964：60.
③ 亚里士多德.尼各马可伦理学.廖申白，译注.北京：商务印书馆，2003：3.

阻力。劳伦斯尊重身体本能、尊重生命的身体理念，在这个社会大环境中难以得到他人的理解。而他本人正因其不顾世俗眼光，追求自我，终其一生成了一个"局外人"①。

综上所述，在生理自由与社会道德理念之间，在审美自由与社会责任之间，在身体体验自由与社会道德认知之间，西格蒙德选择的是生理自由、审美自由以及身体体验自由。这些选择的共通点是，它们都注重身体本能的需求，体现了劳伦斯回归身体、尊重生命的价值取向。

二、身体在空间转移中取舍身份的伦理选择

多重身份的伦理困境以空间转移、切换伦理身份的方式得以解决。西格蒙德通过不断的空间转移，或想短暂逃离现实困境，或想隐藏他内心的恐惧和不安，而他的每一次空间转移，实质上都是在潜意识中做出一次伦理选择。

西格蒙德之所以选择空间转移，是因为他常常陷入两种状态：一是无法在家庭中解决困境，需要离家外出寻求解脱；二是无法与家人建立精神共同体，内心孤独，处于无家的状态。西格蒙德的这两种状态恰恰对应海德格尔所说的"家"的两种无家状态：一种是存在者因没有出路而外出流浪的无家状态，另一种则是存在者归属于某一种"存在"的状态，与其所身处的家园不同，显得格格不入，从而处于看似有家实则无家的状态，这两种状态有着既对立又相互转换的关系。②西格蒙德的无家状态使得他在社会空间中漫无目的地行走，而社会空间既是行为的场所，也是行为的基础，③主体在社会空间中的转换会在一定程度上改变其人际关系、伦理身份和个体记忆等，并影响其伦理选择的过程和结果，影响个体的命运走向。

首先，他选择了情人身份，与情人海伦娜去海岛度假——离家。西格蒙德选择离家是因为在家不能获得归属感。因为家对人来说不仅指的是住所，还指代住在一起的家庭成员及其共同的生活习惯。家庭成员的归属

---

① 沃森 . 劳伦斯：局外人的一生 . 石磊，译 . 上海：上海书店出版社，2012：1.

② Heidegger, M. *Gesamtausgabe Band 53: Zu Hölderlin Griechenlandreise*. Frankfurt am Main: Vittorio Klostermann, 2000: 147.

③ 列斐伏尔 . 空间与政治 . 李春，译 . 上海：上海人民出版社，2008：139.

感是家庭幸福的一个重要因素，因为"人不仅是政治的动物，还是家的动物"①。然而，西格蒙德没有处理好自己和家庭成员的关系，被边缘化为看似有家，实则无家的状态。因而，他选择离家，或许能享受到置身大海、森林等大自然家园的温馨安宁的诗意栖居生活。但是，离家不是无路可走时的永久性选择，更不是家园归属感、存在感缺失的最佳选择。因为自然世界是无世界性的，只有人造世界才有世界性。自然世界的无世界性是指自然界中没有劳动束缚，也没有自由的维度，不构成政治，也无法构成社会。因而，西格蒙德与海伦娜在小岛的出租屋里，过着在大自然中无拘无束的生活，每天可以睡到自然醒，醒来就在海水中嬉戏，激发身体的自然性。而人造世界的世界性是指人类在自然界中，根本无法找到自己的精神家园。因为人类属于人造世界，无法脱离人造世界，也只有人造世界才具有世界性，能承载人性，包容人性。正如人类的身体需要靠劳动证明其存在，双手需要通过精细的工作证明其不可替代性，人只有生活在人造世界才是真实存在的，人在自然世界中的幻觉始终会被人造世界所唤醒。在小岛上，西格蒙德作为父亲的责任感时不时涌现，使他时常产生愧疚感；他因不断地想起要回家的日期而焦虑不安。西格蒙德在大自然中没有完全得到享受，没有心安理得，他仍然受到人造世界的影响，虽然他试图忘我地、尽情地享受自然世界的精彩，试图忘却其丈夫和父亲的伦理身份，但他仍屡次被现实击碎梦境。

西格蒙德的短暂出逃只是他的身体出逃，却不是他的精神出逃。人类若不能积极地解决在人造世界的生存困扰，那可能就会失去生命，走向死亡了。

其次，他选择了丈夫和父亲身份——归家。回归家庭是西格蒙德的必然选择，因为人首先是一个以本能的方式在家中与亲人共在的存在者。然而，西格蒙德的归家是一种消极的归家，他回归丈夫和父亲的伦理身份，却没有履行这些伦理身份的职责。西格蒙德回家后没有与妻子修复亲密关系，也没能与子女重建良好的亲子关系。"那孩子想朝他走去，和他说话，

---

① Aristotle. *Eudemian Ethics*. New York: Cambridge University Press, 2013: 141.

但又感到害怕……此时他最渴望的是能用双臂将她搂住，抱着她，这样他的脸便有处可藏了。但他却没有勇气这样做。"（238）"家"所包含的"以两性间的爱、生育等本能为基点的关系"①，以及以爱为基础的亲子之情都没有得到体现。西格蒙德虽然人在家里，心里想的却不是如何经营家庭，而是处在意识离家的状态。

> 他的神经已经麻木……现在他已不在乎妻子和孩子们了。他坐到桌前时无一人与他讲话。他正求之不得：他希望一切都能与己无关……他对一切都毫不在意。他的钢琴上放着一大碗龙须菜，他的小提琴被极不爱惜地放置在靠近窗口的擦得亮亮的冰冷的地板上。（223）

他彻底放弃了与家人的沟通，钢琴上摆放杂物，最爱的小提琴被随意搁置，他都无暇关注。不仅如此，他只顾想着自己所要承担的社会压力和所处的两难境地时，他其实已经决定彻底放弃家庭了：

> 他被一种契约束缚着，由此供养他们成了他应尽的分内义务。很好，他必须供养他们。可他为此会得到什么呢？在家蒙受耻辱，海伦娜被割舍，夜复一夜地演奏着音乐喜剧。这是不堪忍受的——决不能这么办。他像一个被绳索束缚住了的人，无力挣脱。他既不能与海伦娜决裂而回到家中过一种低声下气的生活，又不能抛下自己的孩子而去寻找海伦娜。（257）

西格蒙德的消极归家与其妻子和子女们的消极生活态度有着密切的联系。家原本是一个安宁的港湾和诗意栖居的地方，它是家庭成员切身体验的聚合地，每个成员的感受影响着整个家庭的生活状态。在西格蒙德的家中，妻子由于介怀丈夫出轨，对西格蒙德不言不语，不与他沟通，还把心

---

① 马迎辉.家与存在：一项现象学的研究.哲学动态，2019（3）：86.

里的怒气和怨气传递给子女，让他们跟着一起怨恨他们的父亲。西格蒙德的长子长女已经成年，他们用冷漠和无视发泄心中不满，却从未关心过父亲的真正需要；两个小女儿懵懂不知世事，她们也和母亲、哥哥、姐姐一样疏远父亲。西格蒙德用消极的心态和行为归家，归家却得不到家的归属；家庭成员消极对待他，视他为边缘人，西格蒙德的归家实为弃家埋下了伏笔。

家原本是一个行动的世界，是积极生活的场所，主体在这里不需要中介就可以直接完成人与人之间的活动。但在西格蒙德家里，消极是主旋律，是所有人的行为和态度，西格蒙德弃家已是必然选择。

再次，他放弃了伦理身份，选择自杀——弃家。西格蒙德因无法承受"人性因子"和"兽性因子"在他身上交错出现的压力，而选择放弃自己的身体及其伦理身份。西格蒙德思索了他的两难处境，但找不到出路：假如离婚，他会因为孩子和前妻受到道德的谴责，到时候除了海伦娜，他便将一无所有，只剩屈辱；而他若不离婚，他又得不到家的归属感，十分痛苦。

> 他怎能使自己与这些人关系复位，这是不可能的。对于家人，他从此要谦卑、忍让，这是犬儒哲学。他会不得不与海伦娜分手，这又是他做不到的。他将不得不夜复一夜地紧张地演奏《孟浪的小瑞士人》这首曲子。（256）

西格蒙德的这种状态从"在世"的意义上讲，有家不如无家。社会性要求人是一个家的动物，而人性本能使得人脱离家庭，追寻自我。西格蒙德追求本能，因而选择弃家。他的状态从本真上来讲，此在必定无家可归[①]，因为回家非但不能消除他的罪责，反而会加深他存在的非本真性。

西格蒙德最终选择弃家，其根本原因可归结为身体的社会性使得他的伦理意识先行，而身体能力达不到伦理意识的高度。人的伦理意识是人与兽区别开来的重要因素，伦理意识的产生使人走出伦理混乱，厘清伦理秩序在人的生存和繁衍中的重要意义。人最初经过自然选择只取得了"人"的

---

① 海德格尔.存在与时间.陈嘉映，王庆节，译.北京：商务印书馆，2015：234.

形式，但并未获得人的本质内容，当人类能够在伦理秩序中遵守基本的伦理规则，懂得规避禁忌，履行责任和义务时，才真正与兽类产生本质的区别。①而西格蒙德虽具有伦理意识，但缺乏执行能力，因此，西格蒙德归家之后直面伦理压力，需要做出伦理选择时，无法面对选择身体之爱所要承受的道德谴责。最终，西格蒙德只能放弃一切社会赋予的和与生俱来的伦理身份，选择自杀。

西格蒙德的伦理选择围绕"家"这个核心点展开，经由离家—归家—弃家，以生命终结为结局。西格蒙德在空间转移中的身份取舍是身体社会性在身体上的投射，它一方面以道德伦理意识在身体上的外在表现来展现个体的命运，另一方面以伦理行为在身体上的外在表达来揭示背后的社会根源。不论选择如何，伦理困境最终均得以解决，因为文学作品中的人物关系处于动态的变化中，伦理问题往往在这种动态的人物关系中发生转移或者暂时化解，甚至终结。西格蒙德的伦理身份在空间转换中以死亡终结，这是劳伦斯对现代社会中身体自由与社会道德冲突问题的全景展现，是他以身体自由挑战传统道德的一次尝试，体现了他对生命意识的深刻思考。

第三节　身体伦理选择的悲剧根源

在《逾矩的罪人》中，西格蒙德的伦理选择虽然以毁灭身体、结束生命为结局，但他在选择过程中偏向尊重身体本能的选项，体现了尊重身体的意识，值得深思。下面，我们将分析身体与伦理自我、身体与伦理社会的关系，揭示其伦理选择的悲剧根源。

一、身体与伦理自我的悲剧

从身体与伦理自我的关系看，西格蒙德的伦理选择的悲剧根源在于没有真正认识自我的身体，不能将社会道德融入经验自我之中。

首先，西格蒙德由于自我认知不足，引发了生存危机。人的身体在与

① 聂珍钊.文学伦理学批评导论.北京：北京大学出版社，2014：13-14.

58

其他身体和社会的互动中存在，即在伦理关系中存在，其生存的基本前提是对自我有一个完整而正确的认知，反之，则会引发生存危机。詹姆斯提出，具身性自我包括身体的"主体我"和"客体我"两个方面。① 西格蒙德既不了解"主体我"，又误解了"客体我"，从来没有弄清自己真正的需求是什么。"主体我"是指"自己认识的自我"，即自己主动去体验、认识和感受世界的自我。② 西格蒙德在 18 岁还未真正感受、体验和认识世界时，就因为被爱情冲昏头脑而早早结婚。他缺乏生存能力，在婚后无法承担婚姻的责任，导致夫妻矛盾加剧，亲子关系不融洽，家庭生活每况愈下。个体在家庭中应承担的责任是相对确定的，是其他外在条件所不能改变的。若西格蒙德对自我有清醒的认知就能预判自己是否能承担责任，以及如何化解矛盾，但他没有这种认知能力。"客体我"是指在他人眼中的自己，即他人对自己的各种各样的看法，例如"我"的能力、性格、人格特征及社会性等。③ 西格蒙德对于妻子期望他承担养家糊口的责任，对于情人海伦娜希望掌控他的情感态度，都后知后觉。由此可见，西格蒙德的具身认知能力较弱，接受外界环境刺激后做出的生理反应缓慢，情绪体验能力较弱。一旦矛盾激化，面对生存危机，西格蒙德容易做出过激反应。

其次，西格蒙德拥有伦理知识，但缺乏伦理经验，无法在实际伦理场景中做出合适的伦理行为反应，无法将道德观念融入切身经验中，从而引发了伦理选择悲剧。主体的自我若只拥有道德知识，那就只拥有了一个脱离经验的身体，根本无法在真实的伦理场景中采取相应的伦理行为来回应。西格蒙德面对妻子抱怨时，不知所措；面对孩子的排斥和疏远时，无能为力；甚至面对天真可爱的小女儿，他也无法取悦之。西格蒙德不仅对基本的家庭伦理关系毫无经验，对工作中的上下级关系处理也毫无分寸感。他在教授女学生时不懂得保持师生距离，将师生关系发展成情人关系。西格蒙德的道德知识告诉他，他与妻子、儿女的关系是不和谐的，但他除了在

---

① James, W. *The Principles of Psychology*. Shanghai: Shanghai Translation Publishing House, 2020: 479.

② James, W. *The Principles of Psychology*. Shanghai: Shanghai Translation Publishing House, 2020: 480-481.

③ Lawrence, D. H. *The Trespasser*. New York: Penguin Books, 1950: 479.

家做个隐形人，并没有想过去寻找理想的解决方案。他的道德知识告诉他，他与海伦娜的婚外情关系是不被接受的，"我知道我是个道德上的懦夫"（131），但他仍然做出了出轨这种违背社会伦理的行为。

由此可知，充分认识自己的身体，并将道德知识与道德经验相结合，主体才能做出恰当的伦理行为，才有可能走出身体社会性带来的伦理困境。

二、身体与伦理社会的悲剧

从身体与伦理社会的关系看，西格蒙德的悲剧根源还在于忽视身体的社会性对个体提出的社会生存要求。身体的社会性要求主体遵循社会道德准则，遵循生存规范并提高技艺修身能力。西格蒙德没有遵循生存规范（existential norm），没有提高自我修身能力获取生存的手段，最终引发了死亡的悲剧。

首先，西格蒙德违背生存规范，导致了伦理选择的悲剧。梅洛-庞蒂提出了生存规范存在的两种情况，并用"生存分析"① 解读身体的生存法则。一种情况是个体在身体与身体之间的最初行为规范中形成某种身体秩序的能力，在身体与身体在动态的交流中达成有效的交流方式并形成一定的秩序。比如相向而来的两个人通过眼神交流，能有效地选择擦肩而过的路径，而不是迎头撞上。这其实就意味着身体能够参与到一定的社会生存规范情境中，只要遵守这样的身体秩序，个体就可以安全地在社会中生存。西格蒙德打破了这一原则，他不参与生存规范情境，与家人的身体接触和交流也极少。西格蒙德在家中并没有存在感，而他也似乎放弃了寻求存在感，这为他后来的自杀带来了根本性的影响。另一种情况是身体通过物体来建构或实现某种规范，使物体与身体在一定的情境中达到某种程度的规范，从而形成社会伦理关系。比如乘客在飞机行驶过程中，不断接受空乘人员的乘客安全提醒，乘客在与安全信息互动的过程中，不断确认自己的乘客身份，建立起身体与物体的生存规范。西格蒙德同样打破了这一规则，他与家庭成员没有交流，没有将自身融入家庭情境中，忽视自身在家庭中的

---

① Merleau-Ponty, M. *Phenomenology of Perception*. Landes, D. A. (trans.). New York: Routledge, 2012: 138.

伦理身份。一方面他质疑自己在家里的地位，感到没人在乎他；另一方面他的伦理身份总是处于不确认状态，无法在身体与社会伦理的关系互动中构建道德感悟，无法真正建立良好的社会生存规范。

其次，西格蒙德的修身能力不足，引发了伦理选择的悲剧。修身伦理主要体现在技艺修身和道德修身两方面。一方面，西格蒙德的技艺修身被社会世俗所湮没，导致了伦理选择的悲剧。西格蒙德的小提琴演奏技艺是他艺术修养的体现，这项技艺锻炼了他敏锐的直觉和审美能力，也给他带来了爱情和婚姻。但随着生活对人性的消磨，西格蒙德的身体不再是从事艺术的最基本的工具，不再是从事感知艺术的根本的不可或缺的手段，[①]反而成了劳动的机器。当技艺修身被社会现实所吞噬，不能给人带来审美的愉悦时，就会带来生存危机。另一方面，西格蒙德的道德修身缺失导致了伦理选择的悲剧。身体具有反思性和实践性，当个体在具体的伦理情境中做伦理决策时，要以道德为准绳，要考虑社会道德的影响，但西格蒙德只遵从身体情绪，只遵从身体对爱的渴望，违背了道德修身的原则，将伦理道德抛之脑后。他在妻子等他解释的时候，选择了沉默；他在家人需要关爱的时候，自私地离去。西格蒙德忽视身体的社会性，自然会导致悲剧。

再次，西格蒙德违背社会伦理的行为是一次孤军奋战，他的势单力薄最终导致了他的悲剧结局。西格蒙德冒天下之大不韪，违背社会伦理，他的最大支持者应该是海伦娜。但反观海伦娜的行为，我们完全看不到支持的迹象。从表象上看，她爱着西格蒙德，她将自己与西格蒙德的关系向父母和好朋友公开，取得他们的支持；她还在西格蒙德死后收藏他的小提琴，表达怀念之情。但从本质上看，她对西格蒙德的爱并没有那么深刻。西格蒙德与她讨论殉情话题时，面对西格蒙德的殉情想法，她感到害怕，她没有爱西格蒙德的坚定决心；她从报纸上得知西格蒙德的死讯后，连他的葬礼也没有参加，不久之后，她就交了新的男朋友，开启了新生活。西格蒙德孤军奋战，落得凄凉的结局，这既是小说故事原型的结局，也是劳伦斯有生之年孤军奋战、寻求身体解放的悲凉结局，以及劳伦斯想要以身体反抗

① 舒斯特曼. 生活即审美——审美经验和生活艺术. 彭锋，等译. 北京: 北京大学出版社，2007: 193-199.

社会伦理的失败结局。

个体身体在伦理情境中的自我表现和身体与社会伦理之间的生存表象，揭示了西格蒙德伦理选择悲剧的深层原因：他没有对自己的身体社会性有一个正确的认知，又没有得到必要的生命关怀；他违背社会伦理，又得不到盟友的支持。

综上所述，《逾矩的罪人》中西格蒙德在社会生存中的伦理困境和伦理选择体现了劳伦斯关注身体、关怀生命的身体观。劳伦斯认为身体有其社会性，在伦理关系中受到伦理道德的约束时，个体只有注重其对自身身体的认识，并以积极的生命意识去对抗传统的社会道德，才能真正改变社会，达到和谐的自我状态；反之则会导致伦理选择的悲剧。劳伦斯在考察身体的伦理困境和伦理选择时，重点聚焦以下三个方面：其一，在工业社会中个体应重视身体与自我、他者和社会的关系处理；其二，身体的欲求、审美、体验及多重身份的冲突涉及主体的生存，需要予以重视；其三，从劳伦斯生活的现代社会中身体与伦理的关系看，倡导身体解放是一种需要。西格蒙德伦理选择的失败，揭示了普通劳动阶层在资本主义社会中残酷的现实生活状态，表明劳伦斯对普通平民阶级在社会生活中的无奈和无助表示同情。西格蒙德伦理选择的失败，体现了劳伦斯对身体解放问题的复杂性的深入思考，对我们全面认识生命的伦理问题有着重要价值。

第二章
《白孔雀》中身体的欲望表现

　　《白孔雀》以莱蒂、乔治等人的爱情为主线，描绘他们在生存中的身体欲望表现，揭示资本对身体的贬低和对人性的压抑。小说中隐含的欲望问题一直受到国内外学者的关注。在前人研究中，有揭示人的自然属性、社会属性与欲望关系的研究，如 W. M. 费尔赫芬（W. M. Verhoeven）通过分析安纳布尔与其前妻、莱蒂和乔治这两对男女关系，揭示欲望给人生存带来的巨大影响。[①] 也有批判女性物欲追求的研究，如芭芭拉·L. 米利阿拉斯（Barbara L. Miliaras）指出，小说中女性对物质的过度追求导致了悲剧的发生。[②] 欲望研究是社会学研究，如赵春华论述了该小说将现代人如何徘徊在自然和工业文明之间的困惑和他们挣扎在自然和文明之间的纠结展现无遗。[③] 蒋家国指出，莱蒂的形象在自然与文明的冲突中表现出两重性，它既受本能的驱使，又受文明的异化，体现出占有欲和控制欲。[④] 欲望研究也是身体研究，因为欲望的形成基于身体本体的需求和个体对自我身体的认知。欲望研究还是文化研究，因为欲望也是文化在资本运作中的产物。因此，身体被刻上欲望文化的烙印，身体欲望研究体现身体的文化性。

[①]　Verhoeven, W. M. D. H. Lawrence's duality concept in *The White Peacock*. *Neophilologus*, 1985, 69(4): 294.

[②]　Miliaras, B. L. Fashion, art and the leisure class in D. H. Lawrence's *The White Peacock*. *Études Lawrenciennes*, 1995, 11(1): 7-32.

[③]　赵春华. 现代人的抗争——评《白孔雀》的象征意义. 小说评论, 2012（2）: 82-85.

[④]　蒋家国. "精神女人的雏形"——试论《白孔雀》中的莱蒂形象. 外国文学研究, 2003（2）: 102-106.

什么是欲望？拉康认为，欲望和物质需要不尽相同，欲望不是直接地指向实体性对象，而是对他者欲望的认同和模仿。拉康指出，"人的欲望就是他者的欲望"[①]，欲望根植于人的倾向——在想象中对自己的追求和期望进行无限渲染的倾向，比如对金钱、荣誉、地位等生活目标的迷恋和狂热追逐。因而，欲望主体始终欲望着他人的欲望。拉康引用弗洛伊德的"自恋力比多"和"他恋力比多"[②]概念，提出欲望的两层内涵：欲望是自恋欲望（narcissistic desire），即个体渴望成为他者或成为他者爱的、崇拜的、理想化的或认可的对象；欲望是他恋欲望（anaclitic desire），即个体渴望拥有他者或渴望被他者所渴望和占有。[③]

拉康基于身体的欲望理论与《白孔雀》中社会身体和消费身体所表现出的他恋欲望和自恋欲望相契合。拉康认为，身体可以同时存在于象征界、想象界和实在界，是身体把象征、想象和实在连接在一起，而社会身体更多地关注身体从他者获得关注和认可，消费身体则关注身体在资本社会如何消费与被消费的问题。本章探讨的《白孔雀》中的欲望不是人的本能欲求，而是因为缺失而产生的社会欲求。因此，本章以拉康的欲望理论为参照，剖析《白孔雀》中两种身体的欲望表现形式，并通过剖析个体身体情感需求、他者目光和社会欲求之间的冲突，揭示人类身体中朴素直觉和纯真本能的重要性，揭示劳伦斯对工业社会的批判和对生命本真的向往。

第一节　自恋欲望中的社会身体

劳伦斯在《白孔雀》中描绘了主体身体在自恋欲望中违背初心，由自然人向社会人转变的过程，揭示了工业社会对身体的剥削和压抑。"自恋欲

① Lacan, J. *The Four Fundamental Concepts of Psychoanalysis (Book XI)*. Sheridan, A. (trans.). New York: W. W. Norton, 1977: 38.

② Freud, S. *The Standard Edition of the Complete Psychological Works of Sigmund Freud (Vol. 24)*. London: Hogarth Press, 1953: 74.

③ Bracher, M. *Lacan, Discourse, and Social Change: A Psychoanalytic Cultural Criticism*. Ithaca: Cornell University Press, 1993: 20-21.

望"是对他者的模仿与认同，是指"主体往往站在他者的立场，设想自己在他者心目中的形象，喜欢用他者眼光打量自己，渴望被他者所爱、所尊重、所仰慕"[①]。通过分析社会身体在自恋欲望中的具体表现，探讨社会身体的结局，我们可以看到劳伦斯撕开身体的外包装，寻找身体本真的生命态度。

一、由自然人到社会人的转变

劳伦斯小说的一个重要主题是自然人与社会人。自然人是正常的、自然状态的人，是有独立思想、唯真理真相是从、不世故的个体，他们不依赖他者，只用自己认为正确的方法处理事情。社会人是指被社会环境改造的人，无论有没有独立思想，他们为了遵循社会"潜规则"的人情世故，在追求真理时多少会有违心的表现。劳伦斯在小说中塑造了许多远离社会喧嚣，隐居森林、农村的自然人形象，比如《白孔雀》中的安纳布尔、《查泰莱夫人的情人》中的梅勒斯；也有深受社会环境影响而追名逐利，支持阶级统治和国家机器统治的社会人形象，比如《白孔雀》中的莱斯利和《彩虹》中的安东。劳伦斯在《白孔雀》中还塑造了第三种人物形象，即乔治、莱蒂等由自然人向社会人转变的形象。自恋欲望是自然人向社会人转变过程中的催化酶，在小说中，乔治和莱蒂在他者的凝视之下，不断模仿他者，并期望得到他者承认，违背真情实感，完成由自然人向社会人转变的过程。这种转变具体表现为生活方式和情感态度的改变：在生活方式上，从原生态的田园模式改变为世俗的生活模式；在情感状态上，从追求理想的情感改变为追逐现实的婚姻。

首先，小说《白孔雀》诠释了自然态的乔治在自恋欲望中不断追求世俗的生活方式，从而演变为社会人的过程。乔治生长于田野之间，融于自然之中，有着自然的身体和健康的体魄，他那健美的身体，就像一个巨大结实的生命体。乔治还怀有朴素的田园观：他肯吃苦，热爱农田耕种，喜欢过安稳踏实的日子。他说，"我这一辈子，惨淡营生，没什么改变，在家里舒

[①] Lacan, J. *The Four Fundamental Concepts of Psychoanalysis (Book XI)*. Sheridan, A. (trans.). New York: W. W. Norton, 1977: 284.

舒服服，将来走一步算一步"①，但他会规划与莱蒂在农场的婚后生活，他认为只要肯努力，就能在农场过得自给自足。然而，人永远不会满足于现有的创造，人以其自有的独特方式超越现有的外部自然，不断进行技术超越、内容更新，甚至重建现有的文化创造物。② 乔治在欲望因素，即"自恋欲望"的诱惑下，加速了由自然人向社会人转变的进程。

乔治形成社会人雏形的标志是他屈服于资本主义欲望文化的大环境，遵从自恋欲望的普适规则，开始"欲望着他者的欲望"③。乔治以他者的眼光审视自己时感到自卑，他想要进入被他人认可和承认的他者世界。乔治说："我生性优柔寡断。可我最痛恨的莫过于不得不离开我的根基，而现在我却必须要斩断我的根系，把自己撕扯开来——"④ 这种改变对乔治而言是痛苦的，但如果不改变，乔治的个体身体就是一个笑话，他既没有足够的财富去赢得爱情，也没有显赫的地位来赢得妻子的尊重。

乔治最终成为社会人体现在他有意识地加入社会活动中，试图通过展示自己来获得注视，想要在他者的眼中看到自己成为他者欲望的对象。自然界中没有任何事情是经过精心策划、带有目的性的自觉行为，而在社会历史领域内进行的活动，参与的主体是有思维的、能深思熟虑或凭激情冲动行事的带有主观能动性的人，任何社会事件的发生也都是充满自觉的意图和特定目标的。⑤ 乔治有意识地参与社会主义运动，反对莱斯利等资产阶级支持的工业化制度；参与土地投机生意，致富发家；结交当地名人，如弗朗西斯医生、酿酒厂老板的儿子托比·赫斯沃尔、有声望的农场主柯提斯一家等。乔治的这一系列社会化活动源于他在自恋欲望中的不安全感，因为他依赖从他者得到欲望的满足，而这种满足具有极大的不稳定性。"欲望的

---

① Lawrence, D. H. *The White Peacock*. New York: Penguin Books, 1950: 78.

② 衣俊卿. 文化哲学. 昆明：云南人民出版社，2001：52-53.

③ Lacan, J. *The Four Fundamental Concepts of Psychoanalysis (Book XI)*. Sheridan, A. (trans.). New York: W. W. Norton, 1977: 38.

④ 劳伦斯. 白孔雀. 高睿，朱晓宇，译. 北京：中国华侨出版社，2018：338. 以下小说译文如来自该中译本，则只标页码，不再赘述具体文献信息，未注明中译本页码处则为笔者自译.

⑤ 马克思，恩格斯. 马克思恩格斯选集（第4卷）. 中共中央马克思恩格斯列宁斯大林著作编译局，编译. 北京：人民出版社，1995：247.

产生只是因为我们被卷入欲望的语言关系/性关系和社会关系的'他者'领域之中"①，欲望的这一特征决定了主体在自恋欲望的作用下，一旦卷入身体的他者认同，便完成了由自然人到社会人的转变。

其次，小说《白孔雀》诠释了天真、理想的莱蒂在自恋欲望中不断地追求现实婚姻，演变为社会人的过程。自然人最初总是充满自在性和自发性，追求纯粹的情感，满足发自身体本能的欲望，期待理想的爱情。莱蒂爱上乔治的身体、乔治的心灵，希望与他身心结合，但是在自恋欲望的刺激下，她逐渐倾向于身体的外在认同与自我认同。莱蒂在权力地位、财富利益等诱惑下做出虚荣的抉择，忽视个体的真实意愿，因为作为受过教育的女性，她认识到女性在资本社会中身份缺失这一现状。由于莱蒂意识到女性存在感低下，很难在社会抗争中获取胜利，她选择放弃初心，接受现状，融入资本社会的大潮。莱蒂对乔治感慨道，"你可是个男子汉呢……你想怎么样都可以啊，继续生活吧，以自己想要的方式"（169），而她自己只能渐渐地屈从。莱蒂逐渐抛却自然性，凸显社会性，完成了自然人到社会人的转变。

自然人向社会人转变，体现出人们在工业社会的大环境下生存不易，面临着许多无奈与悲凉。自然人向社会人的转变，只是个体在其行为和精神追求中有了自觉性和目的性，个体身体并没有得到自由和解放。世界原本只有自然世界，当人从自然中分离进入社会世界时，人类在社会生产活动中便创造出了不同于自然界其他生物的特殊性。马克思说："一个种的全部特性、种的类特性就在于生命活动的性质，而人的类特性恰恰就是自由的自觉的活动。"②而人类劳动特性中的自由性和自觉性在资本化工业社会没有得到体现，反而被抹杀，尤其是底层劳动人民完全失去了自由，不受尊重。在《白孔雀》中，劳伦斯将人们在工业资本主义社会的无奈一语道尽："我们这些人，了解老人们的忧虑，也了解无米之炊的主妇们的困境，对此只能忧愁哀伤地吸一口毫无指望的冷气。"③

---

① Lacan, J. *The Four Fundamental Concepts of Psychoanalysis (Book VI).* Sheridan, A. (trans.). New York: W. W. Norton, 1977: 158.

② 马克思，恩格斯.马克思恩格斯全集（第42卷）.中共中央马克思恩格斯列宁斯大林著作编译局，编译.北京：人民出版社，1979：96.

③ Lawrence, D. H. *The White Peacock.* New York: Penguin Books, 1950: 150.

二、社会身体的表现：身体的他者认同

《白孔雀》中主体身体在自恋欲望的作用下经历对他者的模仿和认同后，完成了由自然人向社会人的转变。小说中，社会身体的他者认同主要有两种表现方式：一是个体借助身体本体资本获得他者认可；二是个体取得被他者认同的身体附属品，实现自我身体对他者的模仿，被他者认同。社会身体的他者认同体现劳伦斯回归身体自然属性的身体观。

（一）身体本体的他者认同

身体本体的他者认同是指个体通过美化样貌、体形等身体外部表征，获得他人关注和承认，从而获得理想自我，体现其身体价值。正如布迪厄所说的，"身体处在社会世界中，但社会世界也处在身体中"①，每一个主体必然要在社会互动中生存，这种互动来自身体的互相注视和他者的反馈，其结果可能是得到认同，也可能是被排斥。个体身体获取他者认同的愿望在自恋欲望的作用下表现得更为强烈。小说中，莱蒂通过在社交场合展示自身的美貌、婀娜的舞姿等，获得他者钦羡的目光，使自己成为他者欲望的对象，从而实现她认为的理想自我。莱蒂在生日会上、圣诞舞会上，以及在家庭聚会中总是笑靥如花，一展舞姿，享受别人完全被她倾倒的优越感。她是社交场合中最得宠的人，"而其余的客人，简直就像组成了一支管弦乐队，是来为她伴奏的"②。莱蒂由此获得的他者认同实际上是自恋欲望作用下的虚荣，而不是某一种实体物质。

社会身体的他者认同源于身体的自恋欲望，但这种欲望不是本能需求，而是在社会人际交往中形成的他者欲望，是一种想要被"爱"，或者是被"承认"的欲望。正如亚历山大·科耶夫（Alexandre Kojève）所说的，人的欲望往往不是一个实在的、既定的对象，而是指向另一个虚无的欲望。③ 在自恋欲望的作用下，莱蒂的他者认同始于身体的外在物质实体，终于身体

---

① Bourdieu, P. *The Logic of Practice*. Cambridge: Polity Press, 1990: 78.

② Lawrence, D. H. *The White Peacock*. New York: Penguin Books, 1950: 322.

③ Kojève, A. *Introduction to the Reading of Hegel*. Nichols, J. H. (trans.). Ithaca: Cornell University Press, 1980: 6.

的虚假感受，既体现中产阶级主体的内心虚无，又反映社会身体本体作为欲望工具的虚无。

（二）身体附属品的他者认同

身体附属品的他者认同是指个体通过获取身体的附属品，如财富、地位等外在物质条件赢得他人的注视，获得他者认同。个体社会身体追逐的不是优越的生活本身，而是他者认同目光下的财富、地位等附属品，并以此附属品去获取他者对自我身体的认同。诚如拉康所说，个体身体在一定的社会关系之中，处于他者的凝视之下，总是期望得到他者的认可，获得他者的承认。[①] 因此，莱蒂认为，她和乔治作为普通劳动阶级的一员，就像是"客厅里被人任意安放的大理石"[②]，任人踩踏，只有以财富和社会地位包装自己，才能获取他者认同的目光，达到理想自我的状态。

身体附属品的他者认同有以下两种途径。一是获取更多的财富，为自身取得进入资产阶级大门的钥匙，以获取他者认同。莱蒂虽然憎恨父亲，但她欣然接受了父亲留下的一笔4000英镑[③]的遗产，觉得世界仿佛因此而焕发出生机，因为这笔财富能帮助她进一步实现自恋欲望。就乔治而言，他与梅格结婚，不是因为爱情，而是因为梅格有一家酒馆，可以为生活提供经济保障。二是获取社会地位，为自身取得可向他者炫耀的资本，获取他者认同。莱蒂享受丈夫莱斯利带来的家族荣耀，甘愿在家生儿育女，即使生活并不是那么幸福，但她仍然觉得这样的生活是值得的。乔治走上经商道路，为自己赚取了更多的财富；走上社交之路，为自己赢得了更多声名。社会身体的他者认同，一味关注身体之外的财富、地位等，失了本真的初心，不能实现真正的理想自我，其结局注定是悲剧。

总之，在社会交往的人际关系互动中，个体以获得他者认同作为实现理想自我的途径，借助外在有形的身体实体和无形的财富、地位等身体附属品，掩盖内心的自卑和空虚。社会身体因在人与人相互制约的社会环境

---

① 拉康.拉康选集.褚孝泉，译.上海：上海三联书店，2001：98.

② Lawrence, D. H. *The White Peacock*. New York: Penguin Books, 1950: 81-82.

③ 小说背景是 20 世纪初，按照当时货币价值，1 英镑大约等于 7.33 克金，那么 4000 英镑约等于 2.9 万克金。

中活动，从而具有社会普遍性；社会身体因行为表现源自自我认知，从而具有个体特殊性。社会身体由于形成的根源不尽相同，有着不同的归宿。

三、社会身体的归宿：边缘化的身体

小说中，社会身体的边缘化归宿体现为两个方面，一是劳动人民身体在资本主义社会的盘剥下被边缘化，二是女性身体在父权制的压抑下被边缘化。社会身体的边缘化归宿阐明了个体身体在工业社会被剥削和压制的现状，表现了劳伦斯对社会身体的批判和对自然身体的呼唤。

首先，社会身体自身不够强大，沉迷欲望诱惑，在资本主义社会中被边缘化。一方面，个体身体被自恋欲望的无形力量所牵引，无法在资本主义社会中占据主动权，从而被边缘化。小说中，乔治缺乏人格自我养成能力，他在自恋欲望的激励下不断模仿和追逐，打破了对原本生活的期待，走上了追求虚无的道路。他原本可以找一个条件相当的女性结婚生子，在农场过着普通农民的生活，但他面对欲望诱惑时无法表现出强大的抵制能力。就像整个伊斯伍德矿区的农民们被毫无征兆地侵占土地，被迫加入资本主义社会的工业化进程一样，乔治身为农民阶级的一员，他在资本力量面前显得卑微无力，只能被迫融入，深受资本的剥削与压迫。另一方面，个体身体被自恋欲望压抑了本能，无法表达自我的真实意愿，从而成为边缘人。小说中，莱蒂深受家庭成长环境的影响，接受母亲资本观念的熏陶，压抑身体本能，一味追逐利益。莱蒂小时候的生活中父亲角色缺失，她唯一的欲望就是成为母亲所有欲望的客体，并得到母亲的认可。当她得到父亲死亡的消息时，她面无表情地说："既然妈妈那么讨厌他，他这样走了倒是件好事。"（63）当她面临结婚对象的选择时，她选择嫁给莱斯利，因为她认同母亲的婚姻价值观念，即婚姻应该以丰厚的物质为基础。莱蒂在自恋欲望的诱惑中，渴望在他者的眼中看到自己的身体成为他者欲望的对象。于是，她不断模仿他者欲望，并期望得到他者承认，失去了独立思考的能力。莱蒂以母亲的喜好标准作为自己的标准，压抑自我身体的本能需求，最终只会步入边缘地带。

其次，社会身体（特指女性的社会身体）在父权制中缺失存在感，丧

失独立性；被"父亲之名"压抑，丧失主体性，从而被边缘化。一方面，社会身体在父权制中缺失存在感，依赖自恋欲望去实现理想自我，丧失独立性。在男权中心文化体系里，女性总是被男性拒于象征秩序之外，处于"无家可归"的状态。莱蒂发现自己很难靠着女性的角色在社会生活中立足，即使女性解放运动已经展开，女性的生活已得到一些改善，但是她们离男权中心的差距还很大。莱蒂认为"假如我是男人，[就]能干出一番大事业，走自己的路，到国外寻找自由"①，而她作为存在感缺失的女性，想要进入象征秩序，就迫切需要获得承认来实现理想自我。当欲望主体在社会关系中存在感缺失，并被动产生接纳他者欲望的内在驱动力时，他者欲望就产生了。② 因为欲望不仅仅是个体性的，更是社会性的，③ 欲望的满足依赖于社会关系中的他者认同，一旦社会人将理想自我的满足寄望于他者的看法，社会身体就被边缘化了。另一方面，社会身体在男权中心思想——"父亲之名"的阴霾之下，追求他者认同，丧失主体性。按拉康镜像阶段理论的说法，每个孩子都会经历从母子原初混沌的一元到母子间分离的二元，再到父亲的介入打破母子二元，从而建立象征秩序。莱蒂父亲的死亡消息，正是其以"父亲之名"而非父亲之实出现的第三者，父亲的死亡彻底释放了莱蒂的自恋欲望。父亲死后带来的遗产成为莱蒂得以炫耀的资本，满足了她深层意识中潜在的他者认同欲望。父亲以死亡之名出现的事件使莱蒂成功地实现了从小他者（母亲）认同阶段，到大他者（整个社会文化制度）认同阶段的跨越。由此，莱蒂实现了他者认同的自恋欲望，确认了边缘地位。

　　小说中，莱蒂和乔治等人在资本主义工业社会的自恋欲望中并没有实现理想自我，而是变得虚荣和迷茫，为命运书写了悲剧色彩。我们必须承认，人从自然界中进化而来，并以其独特的社会实践活动生成人类的本质，虽然我们所指的人的自然属性往往是已经社会化了的自然属性，但不可否认，人是自然存在和社会存在的统一体，是自然属性和社会属性的统一体。

---

① Lawrence, D. H. *The White Peacock*. New York: Penguin Books, 1950: 243.
② 拉康.拉康选集.褚孝泉，译.上海：上海三联书店，2001：98.
③ 马元龙.雅克·拉康——语言维度中的精神分析.北京：东方出版社，2006：164.

劳伦斯不赞同莱蒂和乔治等社会人的形象，更青睐经过社会磨砺和蜕变之后选择转身退隐自然，重新回归自然的人物形象。

第二节　他恋欲望中的消费身体

他恋欲望是指欲望主体具有很强的进攻性、占有欲和攻击性，"渴望将欲望对象拥为己有，他恋欲望促使欲望主体不断奋斗、追求"，以最大程度实现自我理想。①《白孔雀》描绘了主体在他恋欲望的驱动下，消费身体的物质属性和情感属性，将过去满足需要的消费转变为满足欲望的消费。消费身体不是从来就有的，在古希腊时期，身体还是人们崇拜的对象，而到了现代社会，消费身体才成为身体的基本形态之一。通过分析消费身体在他恋欲望中的具体表现，探讨消费身体的结局，我们可以看到劳伦斯为揭露消费社会的欲望本质，寻找身体本真状态所做的努力。

一、消费身体的表现：作为符号的身体消费

所谓"消费身体"，主要有两层内涵：一是身体的消费，二是被消费的身体。身体的消费通常是指身体作为主体在市场中享受消费带来的服务，身体呈现出它的价值和意义。而被消费的身体是指身体常常被当成交换的筹码，去换取个体生存或生活的需要，身体变成主体消费的商品和消费对象。小说《白孔雀》中主要呈现被消费的身体，这里的消费不是指对物品使用价值的占有，而是指人们通过身体实现"自我表达"和"情感认同"的手段。②

（一）消费身体的"自我表达"

身体的消费实质上是一种符号的消费，即个体利用身体去交换财富、地位等象征符号，表达自我的方式。在现代商品社会，由于符号的能指和

---

① Lacan, J. *The Four Fundamental Concepts of Psychoanalysis (Book XI)*. Sheridan, A. (trans.). New York: W. W. Norton, 1977: 332.

② 莫少群 . 20 世纪消费社会理论研究 . 北京：社会科学文献出版社，2006：53.

所指的关系发生断裂，能指不再指向商品的使用价值或它的实用性，而是直接指向欲望或欲望符号。因而，消费社会极力塑造一个能够消费，同时又能够被消费的身体，身体由此成为人们获取金钱、地位、名利等欲望对象的手段，成为人们表达自我价值的工具。

小说中，身体的符号消费是一种主体"占有"心态支配下的欲望怪相。主体通过身体去交换各取所需的婚姻、丰厚的财富、有权有势的官职等欲望符号，因为这些符号正是由社会制度这个大他者所决定的主流文化和价值观所能带来的他者欲望。身体的"自我表达"主要体现在以下两种符号消费中。

一是莱蒂在他恋欲望的驱使下，出卖身体去追逐小他者（欲望对象），忽视个体身体的真正诉求。莱蒂成功地吸引了矿主莱斯利，并与他结婚，她消费了自我身体，获得了进入资产阶级上流社会的入场券。莱蒂认为，金钱使人扬名[①]，有钱才配谈生活方式。金钱、名利、地位等符号带来的快感，不是因为它们能买什么或者得到什么切实的东西，而只是因为它们是欲望的支柱，只有保留这个对象，主体的欲望才能存在。

莱蒂的欲望追逐体现出人性在工业社会中的欲望沟壑难填的现象。资本主义发展起来之时，消费成为经济社会发展的动力，人们的温饱等基本需求得到满足之后，勤俭、禁欲等传统价值观念逐渐被冷落。皮埃尔·布迪厄（Pierre Bourdieu）指出，在资本主义社会人们对物质欲望的追求达到高潮，社会主流的生活方式是享乐主义，尽情追求一时的快感，热衷于自我表现。反观莱蒂追逐欲望的表象，我们可以发现，身体的物欲满足高于她内心的真实诉求，因为身体消费往往是社会心理的消费，不是个体的本能需要。消费的机制一旦成为社会文化，就会形成个体的特定社会需求，永远不可能有满足的时候。正如拉康所说的，欲望是一种缺失，是个体心理需求的永久缺失，它激励着个体不断地追逐欲望。小说中，莱蒂出身中产阶级，且拥有父亲留下的约 4000 英镑的遗产。按照 20 世纪初英国平均周薪（每周工作 52 小时）1 磅 10 先令 6 便士来算（1 英镑等于 20 先令，1 先

---

① Lawrence, D. H. *The White Peacock*. New York: Penguin Books, 1950: 294.

令等于 12 便士），工人阶级一年的收入大约为 79 英镑。这笔遗产在当时来说相当丰厚，莱蒂也确实因为遗产开心过一段时间。但追逐欲望的消费，就像箭上了弦，一旦发出就无法撤回，莱蒂在欲望中越陷越深。

二是乔治消费自我身体，出卖身体以换取议员、富翁、成功者等象征符号，并以这些符号实现他者欲望，忽视身体的本能感受。乔治消费健美的身躯，换得梅格的不动产——酒馆，享受到物质的改善，却得不到幸福的婚姻；乔治消费充满活力的身体，参与社会运动，结交名人，提高社会地位，却仍挤不进真正的上层社会圈子。乔治参与消费身体的内驱力就是成为那些符号所象征的他者或追求作为主体的人所重视或欣赏的能指，并成为能指者。[①] 然而，乔治追求的欲望对象——小他者在转喻上代表了缺失的整体存在，这存在只在象征符号所代表的具体事物退去时才会丢失，所以乔治对他者欲望的追逐陷入了死循环。乔治在他恋欲望的驱动下，逐渐失去自我的感受。

从欲望的深层根源上来说，乔治迷恋的不是他所能拥有的，而是他所想要成为的"是"（存在），是他的自我理想，而该自我理想的实现取决于他者而不是自我体验。乔治在出卖身体、重塑身份的过程中，追求的是他人希望他所欲望的欲望，于是，当他的自我理想与他者（莱蒂）眼中的镜像激发出不可调和的矛盾时，他的本能感受在一瞬间涌现出来并遭到撞击。由此，乔治陷入了迷惘和困惑，彻底丧失了自我感受。

（二）消费身体的"情感认同"

身体的消费也是消费身体获取情感认同的途径。从心理学角度来讲，情感是指从个体的心理、生理层面将情感视为人对客观事物是否满足其需求而产生的态度体验，侧重于从个体情感本身探讨情感动机、情感满足和情感认同等。小说中，克莉斯塔贝尔的身体消费就是她通过消费身体实现自我情感满足和情感认同的方式。

克莉斯塔贝尔的情感认同体现在她爱慕他者身体之美，并消费自我身

---

① Sheikh, F. A. Subjectivity, desire and theory: Reading Lacan. *Cogent Arts & Humanities*, 2017, 4(1): 7.

体以换取高级的自我情感满足。克莉斯塔贝尔不同于莱蒂等女性只看中经济条件，她看中的不是欲望的所指及它所表征的财富、地位等能指。虽然在 20 世纪的英国，"大部分婚姻都是契约式的，是以经济条件而不是以彼此间的性魅力为基础的"①，但她的婚姻建立在情感满足的基础之上，以追求情感共鸣和情感认同为终极目标。然而，这种交换以身体的物质实体消费为基础，其情感基础并不牢固。克莉斯塔贝尔的情感满足建立在对美的身体的渴求之上，她的"欲望既不是对满足的渴望，也不是对爱的要求，而是从后者减去前者所得的差额，是它们的分裂的现象本身"②。当克莉斯塔贝尔厌倦安纳布尔的身体，再也找不到情感的共鸣时，她不愿扭曲和压抑自己的情感，而是积极寻找情感宣泄的途径。克莉斯塔贝尔情感认同的失败原因在于她认为身体与情感的理想状态应当是合二为一的，但安纳布尔将身体看成生育的工具，于是她失去了情感升华的动力，失去了美好身体在婚姻中的生存价值和生命意义。因此，克莉斯塔贝尔"警告其他有身份的年轻女士不要轻易被口甜舌滑的'贫穷青年'勾引"（219），这是她在报纸上刊登的一则关于安纳布尔的"讣告"里的内容。这可以说是整部小说中她本人唯一一次发声。因为她在小说中并未出场，是被剥夺了发言权的隐形人物，读者只能从她前夫安纳布尔口中听到关于她的只言片语。但从这句话里我们可以看到，她是情感的受害者，她消费身体想要获得情感满足，却只换来谎言。

身体消费的实质是一种符号的消费，是消费身体在资本社会中自我表达和情感认同的方式。资本社会带来的他恋欲望引发人们狂热追逐符号的消费狂欢，身体的符号消费使人迷失身体本能；资本社会的他恋欲望引得人们从身体的表象出发去解读情感，身体的情感消费使人难以获得情感共鸣和情感认同。《白孔雀》中的身体消费，表明了劳伦斯批判过度追求物质欲望的社会现实，以及渴求尊重身体本能的美好心愿。

---

① 吉登斯. 亲密关系的变革——现代社会中的性、爱和爱欲. 陈永国，等译. 北京：社会科学文献出版社，2001：51.

② Lacan, J. *Écrits: A Selection*. Sheridan, A. (trans.). London: Tavistock, 1977: 72.

二、消费身体的归宿：压抑的身体

小说中，消费身体在利益和情感的交易中失利，最终进入压抑的生存状态。消费身体的归宿有两种：一是失去身体自由，处于被控制的空虚状态；二是面临生存危机，处于自我本能意识丧失的状态。消费身体的归宿揭示了工业社会对人自我表达和情感认同的压抑。消费身体虽是消费社会的必然存在状态，但不论是在小说中还是在现实中，它的归宿都阐明了劳伦斯批判消费身体、呼唤身体本真的坚定立场。

首先，压抑的消费身体，基于身体欲望诉求的存在，体现为个体为达目的，消费自身，反而处于他者控制之中。究其渊源可知，人的身体是人与他者、人与自然、人与社会交流的基础，是人类创造和发展物质文明和精神文明的基础。让-保罗·萨特（Jean-Paul Sartre）从哲学的高度总结了身体存在的三个维度，解释了被控制的消费身体在工业资本社会存在的可能性。萨特指出，"我是为他人而存在，他人对于我来说呈现为主体，而我成为他的客体……这就是我的身体的本体论的第三维度"[①]。显然，身体的第三维度是身体存在的最高形态，是资本主义工业社会中被遏制和压抑的对象。资本主义工业社会若要维护其社会秩序，则必然需要遏制身体欲望的膨胀和身体文化的滋生。

小说中，消费身体被控制主要表现为弗兰克、乔治等男性身体被女性膨胀的欲望控制，从而陷入困境。女性这个他者相对于男性主体来说不仅是有意识的存在，更是一个无意识的存在。由于这个存在不是物自体本身，而是通过语言、文化等象征秩序的介入，成为"无意识的他者话语"[②]，进而影响男性的身心，因此，男性身体就有可能被女性改造，失去身体的本真意识。莱蒂的父亲弗兰克曾是一位俊朗的青年，他因无法忍受妻子的改造欲和控制欲，被逼离家出走，最终因为精神上的孤独，染上酗酒的恶习，丢了性命。乔治被性格强势的妻子当仆人一样训斥，被妻子限制交友对象，

---

① 高宣扬. 福柯的生存美学. 北京：中国人民大学出版社，2005：478.

② Lacan, J. *Écrits: A Selection*. Sheridan, A. (rans.). London: Tavistock, 1977: 287.

被她嫌弃为不称职的父亲。[1] 无论是弗兰克还是乔治，他们都没能逃出女性强烈的他恋欲望的掌控。与两位男性相对的是他们的妻子，她们一开始被自然之美和人性自然流露的真情实感吸引，继而在社会生活的现实压力之下屈服于阶级地位、社会地位等他恋欲望的"欲望之因"。她们将美好的幻想内嵌于自己的意识之中，不顾一切地欲望着他者欲望，试图掌控男性、掌控世界，但最终却没有收获幸福的婚姻，反而走向精神世界的虚无。当自我认同得不到统一、稳定的反馈，现代人就逐渐感到空虚和无力。而为了化解矛盾纠葛，最容易的办法往往是遵从欲望他者的欲望，但是，一味地压抑自我、消解自我，去迎合他者，这对于个体而言并不是理想的结局。

其次，压抑的消费身体表现为个体在他者欲望中面临生存危机，丧失本能意识。个体在他者欲望的作用下消费身体，过分重视消费身体换取符号的功用，被"他恋欲望"推动着去追求那些符号代表的他者或主人能指所重视或欣赏的能指，去实现能指者的欲望。[2] 由于个体在此过程中，过度陷入他者欲望之中，忽视身体的诉求，身体最终进入病态，面临生存危机。

在小说中，消费身体的生存危机主要表现为乔治等人一味追逐身份符号，努力塑造个体形象，却得不到他者的爱。在消费社会，男性个体的存在以其是否拥有商业成就、娇妻美眷、名利地位等象征符号为评价标准，与传统观念中个体以其身体的物质性、自然性等本能意识为存在形式的标准相去甚远。这种被消费的身体往往为了保留剩余的那一点点快感，而失去了原始的身体经验。小说中，乔治一直所欲求的不是他所拥有的身体本体，而是他所想要成为的符号身体。他既没有得到欲望的自我满足，又没能获得欲望的他者承认，其正常的生存状态受到冲击，"他转头看向我，黑色的眼睛里生动地闪现出恐惧和绝望"（461），"他孤零零地坐在一边，仿佛一个罪人，在众人之中身影逐渐变得模糊，黯淡了下去"（462）。

压抑的消费身体是压抑的现实个体在小说中的再现。劳伦斯在小说书写中着重表现人与人之间的隔绝、人与社会之间的异己和陌生化，批判压

---

[1] Lawrence, D. H. *The White Peacock*. New York: Penguin Books, 1950: 314.

[2] Sheikh, F. A. Subjectivity, desire and theory: Reading Lacan. *Cogent Arts & Humanities*, 2017, 4(1): 7.

抑身体本真的社会现实。从莱蒂的父母身上，我们可以看到劳伦斯父母的影子，"她想要将他按她的想法塑造成一个绅士，她太蠢了，竟然认为她可以改变她的丈夫，迫使他按她的路走"①。劳伦斯的父亲无法按照妻子的要求改变，只能终日酗酒，逃避现实；劳伦斯的母亲又将全部的爱寄托在儿子身上，控制着劳伦斯的身体与情感，导致他出现情感障碍。从乔治和梅格身上，我们也能看到劳伦斯和妻子弗里达的影子。劳伦斯受到弗里达的强势干预，在文人圈里人缘很差。劳伦斯借用这种现实主义的写作技巧，重墨书写个体在他恋欲望中不断消费身体以获取物质和情感的满足，从而逐渐失去本真，成为欲望奴隶的过程。劳伦斯揭示了欲望主体以消费身体作为其实现欲望满足的手段，带有强烈的目的性，且个体以虚无的"希望所是者"作为追求目标，而不是成为他自身的"原本所是者"，带有强烈的悲剧色彩。

第三节　身体欲望的悲剧根源及出路

社会身体和消费身体在自恋欲望和他恋欲望的诱惑下，或为了获得他者认同，沉迷于身体的工具性中；或为了名利、地位等身体符号，陷入压抑的身体困境中，最终引发主体悲剧。身体欲望悲剧的根源是什么？劳伦斯对欲望批判及生命本真持有何种态度？我们可以从身体欲望悲剧发生的客观性和主观性两方面来探讨，并寻求欲望主体的出路。

一、身体欲望悲剧的客观性

《白孔雀》中个体在自恋欲望和他恋欲望中的悲剧结局，从欲望本质和欲望内涵这两方面来看，有其客观必然性。

首先，从欲望的本质来看，欲望是满足个体在社会活动中各种需求的原动力，欲望本身的客观存在性决定了个体悲剧的必然性。劳伦斯批判欲

---

① Nehls, E. (ed.). *D. H. Lawrence: A Composite Biography (Vol. 1)*. Madison: University of Wisconsin Press, 1957: 22.

望，他认为欲望主体仅仅为了追逐欲望而忙碌，忽视自己内心真正的诉求，这必然将走向毁灭。个体原本可以利用欲望获取实现生命价值的原动力，因为欲望不是单纯的物质满足，也不是最高层次的爱的需求，而是为了获取爱，去追逐物质的动力。但由于欲望主体不是孤立存在的个体，而是社会关系存续中的个体，他们若想要获得他人的关注或认同，就必须拥有他人想要的东西。因而，主体在追逐欲望的过程中，容易迷失自我，忘记最初想要追逐的目标，转而沉浸于为他者欲望而欲望的状态。小说中的莱蒂和乔治，原本是一对想追逐美好爱情和幸福生活的青年，然而当他们面对欲望诱惑时，却逐渐陷入迷惘，他们为了得到一些短视的、世人眼中的所谓幸福元素，反而失去了长久的、真正的幸福。

其次，从欲望的内涵来看，欲望主体追逐的对象是"欲望之因"，即小他者，欲望内容的现实存在性决定了欲望主体悲剧的社会必然性。拉康说，"人总是欲望着他者的欲望"①，即指向社会关系中的另一个欲望，或指向那些生物学意义上毫无用处的"身外之物"。这欲望对象之所以值得欲望，取决于它是社会关系中被欲望的事实，而不取决于这个物体本身。比如两军交战时，双方士兵浴血奋战争夺的那面旗帜本身不过是块布，只因为它是交战双方所欲望的胜利象征，才会引得士兵们奋力抢夺。也就是说，欲望主体在欲望的驱使下，会不惜一切去追逐权力、金钱、地位等身份的符号象征。因此，当个体过分看重身体的表象或过于狂热地追逐这些毫无用处的身外之物，并以他者的镜像反应来衡量自己是否成功时，便忘却了主体的初心，必然将导致毁灭。小说中，莱蒂为了财富、地位，可以不要爱情，甘心沦为生育的工具；乔治的示爱被莱蒂再三拒绝后，他以酗酒来折磨自己的身体，导致抑郁疯癫。正如劳伦斯在随笔《地之灵》中写到的，"除非你找到了某种你真正向往的东西，那才算得上自由"②，而个体在奋力想要获取"欲望之因"时，往往被虚无蒙蔽双眼，忽视了真正想要的东西，因而悲剧的发生存在着必然性。

---

① Lacan, J. *The Four Fundamental Concepts of Psychoanalysis (Book VI)*. Sheridan, A. (trans.). New York: W. W. Norton, 1977: 115.

② 劳伦斯. 劳伦斯文艺随笔. 黑马，译. 桂林：漓江出版社，2004：5.

欲望的本质和内容都是客观存在的，因此个体身体在欲望中受到伤害，个体生命因为身体的伤害而受到创伤，都有其必然性。劳伦斯对此满怀同理心，既感叹生命的无奈，又呼唤对生的渴望和对生命本真的向往。

二、身体欲望悲剧的主观性

身体欲望悲剧的发生还体现出小说家对欲望悲剧的主观性思考。劳伦斯在小说情节结构的安排及情节的细节铺垫中都融入了悲剧的意味，体现出悲剧的主观性。

首先，劳伦斯在情节结构上注重人物的行为表现，尤其是在布局一些关系到人物命运的重大事件时，着重突出个体在命运抉择时的悲剧性。譬如，关于莱蒂的命运抉择，劳伦斯曾做出重大调整。在初稿中，莱蒂与莱斯利结婚，之后莱蒂遭到莱斯利玩弄和遗弃，再嫁乔治。在定稿时，劳伦斯改变了莱蒂的命运走向，莱蒂与莱斯利结婚，过着无爱、空虚的婚姻生活，但即便如此，她宁可守着欲望，拒绝与乔治重续前缘。劳伦斯的这段情节安排有以下三方面的理由：其一，莱蒂的选择是她在自恋欲望和他恋欲望的处世哲学指导下所做的必然选择，更符合人物性格；其二，劳伦斯要以莱蒂的选择作为合理的铺垫，设定乔治在他恋欲望中走向产生癔症的悲剧结局；其三，劳伦斯为乔治和梅格的这一段婚姻提供了可能，并塑造了乔治和梅格的婚姻悲剧。劳伦斯对小说情节的精心安排，也反衬出他批判资本主义社会中弥漫着的身体欲望，并表达了他对人性压抑的不满。

其次，劳伦斯在情节的细节铺垫上，用细腻的文字来描述，刻意铺设悲剧的基调，反衬个体命运的悲剧性。劳伦斯在小说故事发展的不同阶段都以悲伤的氛围起调。卷一开篇就提到，"塘中水波不兴，连小岛上的柳条都未见有任何微风掀动。只有一条细流自磨坊的引水槽涓涓而下，低声吟哦着往昔谷中喧嚣奔腾的生命"（1）。第六章，农场"看上去一派荒凉……能望见西尔斯比教堂的尖顶，零散的屋顶，还有煤矿的矿架"（82）。卷二开篇，"罢工仍然没有结束……但是我们却深知老人们过的是什么日子，也清楚女人们生活得又是多么困顿，只觉得呼吸的空气都冷冰冰的，毫无指望，满满都是悲伤和愁苦"（182）。卷三开篇，"终归到了大家分别的时候……各奔东西对我们而言无比痛苦"（338）。从这些悲情的氛围中，读者能强烈地感受到劳伦斯对现实社会的不满和批判。

此外，劳伦斯在细节的描述中，重墨刻画人物心理，将其矛盾、痛苦的情感体现得淋漓尽致，突显悲剧氛围。如劳伦斯在描写莱蒂因游离在两个不同阶层的男人之间而自我分裂和异化的过程时，聚焦莱蒂的语言、神情等细节，细腻生动地展现她内心的矛盾与纠结。莱蒂对乔治说："箭在弦上，不得不发，所有人都对你有所期待，你不得不按大家的意思来做，没有办法抗御。我们都身不由己，大家都只是棋子而已。"（176）莱蒂说完之后准备离开乔治时，她望着他，眼里噙着泪花，但竭力克制不让眼泪落下。在回家的路上，她的眼泪便扑簌簌地往下掉。劳伦斯重墨刻画莱蒂真实情感的点滴细节，奠定了小说的悲剧基调，同时也强调了人内心真实感受的重要性。正因为莱蒂违背内心的真实想法，她才痛苦万分，才会引发悲剧结局。劳伦斯认为莱蒂和乔治等人一直在追求的那个"理想自我"只是个幻影，其欲望的结果必然是毁灭。

劳伦斯呈现身体欲望引发的悲剧结局，批判资本主义社会引导人们盲目追逐物欲和虚荣，坚信人的感受力超越一切外在的虚假情感，提倡以最朴素的直觉和本能去触及内心深处的高层次情感。

三、超越欲望，回归生命本真

身体如何在自恋欲望和他恋欲望中找到出路？劳伦斯认为只有超越欲望，将人身体中最朴素的直觉作为其最忠诚的意志，人们才能真正寻找到生命的本质意义。小说中有一段哲思性文字，是莱蒂拒绝乔治之后，由雪莲花引申出来的对话。其中，莱蒂的回答印证了身体本能直觉的重要性。

关于它们的信息，我们早就遗失了，我对此一无所知，但我想知道。我感到恐惧。它们就像某种宿命的东西。西利尔，你说，是不是失去某些大地上原有的事物，像是乳齿象之类的远古的庞然大物都无所谓？那些重要的事物——比如智慧呢，也能失去吗？（189）

　　莱蒂选择莱斯利作为结婚对象后，她若有所思地意识到，她的选择使自己丢失了某些珍贵的东西。莱蒂有些畏惧，不敢前行，但由于仍看不清这些东西究竟是什么，她又觉得失去它们似乎是命运使然，却又不知道这种失去会带来怎样的后果。

　　那么，这种东西到底是什么呢？劳伦斯跳出人物视角，以全能叙述者的口吻写道："昨天和明天之间是个巨大的鸿沟。这鸿沟无情阴沉，让人只能坐在一边。遥望昨天已逝的枯燥的喜剧，和即将到来的悲剧的明天。而今天，实实在在的今天，却只是一片让人心酸的空白。"（178）劳伦斯在小说中突兀地插入自己的话语，指出今天的心酸和痛苦是昨天选择的结果，是明天悲剧的开始。他认为，莱蒂作为社会文化的奴隶生活着，受到社会语言和文化无意识的制约，处于分裂和异化的状态，她不敢直面自己的直觉和本能，因而放弃了内心的真实感受。殊不知，她"失落的东西"是她对乔治真心实意的爱，她所放弃的才是高层次的人类情感，而她所做的选择将带来悲剧的结局。

　　劳伦斯在《白孔雀》中思考人类悲剧命运的必然性，批判资本主义社会中弥漫的自恋欲望和他恋欲望，以及工业社会对人性的扭曲。劳伦斯本人出身于英国伊斯特伍德镇的矿工家庭并在家乡度过了他的青少年时期，他对镇上工人阶级和农民阶级生活有深刻的了解和感悟。"在英国小说中，劳动阶级的角色几乎是第一次被描绘成活生生的主体，而不是被观察的对象。它们是被由内而外不自觉地塑造出来的，而不是像社会学标本那样屈尊俯就地纵容或展出的。"① 劳伦斯呈现了底层人民由欲望引发的悲剧，批判资本主义社会中盲目追逐物欲和虚荣、丢失纯真、腐化自然的怪象。由于工业社会对身体的贬低和压抑，人们将外部事物看成最重要的追求目标，陷入了自恋欲望和他恋欲望之中，摧毁自我身体及心智。劳伦斯提倡不要盲目地追逐物欲，而要抛却冷酷、丑陋的物质欲望，以身体的生产能力，去激发本能，唤醒人们对美的认知欲望。只有这样，才能真正解放身体，解放人性，回归生命本真。

---

① Eagleton, T. *Marxism and Literary Criticism*. London: Methuen, 1976: 256.

综上所述，借助拉康的欲望理论探析社会身体和消费身体，我们不仅看到劳伦斯揭穿资本主义社会贬低身体、摧毁人心智的真面目，还感悟到他探索身体解放和生命本真的愿望，以及追寻最高层次文学审美的理想。劳伦斯在考察身体自恋欲望和他恋欲望的表现时，主要聚焦以下两个方面。一是关注个体身体的感受能力，注重真情实感，批判欲望的虚无性。他将乔治、莱蒂、梅格等劳动阶级人物的立体形象呈现在读者面前，揭示出社会身体、消费身体在自恋欲望和他恋欲望中忽视身体真实感受的现实。不尊重身体本能，将身体符号化，过度消费身体，必然引发欲望主体的悲剧。二是关注欲望中的身体解放，提出超越欲望、回归身体本真的愿景。在资本主义工业大发展中，狂热的欲望压抑着身体，扭曲着人性，因而，只有释放身体的朴素直觉和纯真本能，才能还原生命的真实。

第三章
《彩虹》中身体与权力的关系

　　《彩虹》描绘了以厄秀拉为代表的几代布朗文家族的女性，在权力监控中试图摆脱传统女性角色的羁绊，坚持自我，并通过努力最终实现重生的故事。这部作品的已有研究多集中在以下几个方面：从哲学或现代性等方面探讨个体的自我身份[①]和自我重构[②]；从空间方面入手，聚焦空间隐喻、空间叙事和空间形式等，呈现布朗文家族的困惑心理，使读者获得感知空间，例如由《彩虹》中女主人公生活变迁过程中暗含的空间隐喻，揭示无声的彩虹[③]作为工业时代呼唤人性回归信号的象征意义；通过意象分析，揭示人物交互行为的内涵[④]；通过探讨代际的传承，揭示农业家庭在整个工业现代化进程中如何度过紧张的田园生活[⑤]，如何平衡男女关系[⑥]。现有研究涉及个体在现代文明中的困境，但尚未触及其背后的根源，即个体在工业社会的权

①　傅光俊. 从 "没落" 走向新生的厄秀拉——浅议劳伦斯《虹》的哲学意义. 外国文学研究，1992（4）: 21-26.

②　丁礼明. 劳伦斯现代主义小说中自我身份的危机与重构. 上海：上海外国语大学，2011.

③　Bryant, B. L. D. H. Lawrence: The vision of *The Rainbow*. Birmingham: University of Alabama, 1995: 5-30.

④　Tamara, A. Imagery and meaning in D. H. Lawrence's *The Rainbow*. *The Yearbook of English Studies*, 1972, 2(1): 205-211.

⑤　Connell, C. M. Inheritance from the earth and generational passages in D. H. Lawrence's *The Rainbow*. *D. H. Lawrence Review*, 2011, 36(1): 72-92.

⑥　Verleun, J. The inadequate male in D. H. Lawrence's *The Rainbow*. *Neophilologus*, 1988, 72(1): 116-135.

力关系中，其身体一直处于被监控中，体现出身体的政治性。

在小说《彩虹》中，身体在现代文明的权力关系中，经历了顺从、反抗以及重生三个阶段：一是身体在权力关系中处于被动顺从和消极面对的状态；二是身体在权力关系中反抗，但这种反抗表现为消极悲观主义，没有起到实质的作用；三是身体打破既往的一切束缚，重塑新的身体，尊重生命，实现生命价值。鉴于此，小说通过解读个体身体本能意识、他者权威和社会权力压迫之间对立的困境，回答以下问题：《彩虹》中以厄秀拉为代表的四代女性的身体在现代文明社会里，面对家庭、社会和政治中的权力关系是屈服还是抗争？这些女性如何抉择，如何表现？在这样的社会大环境中，厄秀拉如何突破个体和历史局限，实现身体的重生？

第一节　身体在权力关系中的驯服

小说《彩虹》中的身体与权力在家庭、社会、政治等关系中紧密相连，面临着以下三个困境：个体在家庭关系中受制于父权，向权力妥协；个体在社会关系中受到权力监控，失去主体性；个体在政治关系中受到殖民统治思想的洗脑，接受权力的统治。所谓权力，其核心是指"一种多重的、可移动的力量关系领域，它由主导性的控制力产生，广泛深远，难以企及，从不稳定"①。权力不仅涉及国家和社会问题，还涉及政治、经济、文化、艺术等各个领域，在人的精神意识和物质生活中无处不在。劳伦斯呈现小说人物厄秀拉等个体在权力中的困境，揭示身体压迫的广泛性和普适性，以及身体解放的迫切性。

一、身体在家庭关系中的妥协

劳伦斯在《彩虹》中表明，身体，尤其是女性身体，在家庭中深受父权制约束，无法得到自由的活动空间。家庭作为社会的内部空间，其内在关系主要包含婚姻关系和血缘关系，其权力结构是以"男性为主体，女性为他

---

① Foucault, M. *The History of Sexuality*. New York: Vintage Books, 1990: 102.

者"的父权制结构。^① 汪民安指出："家庭并不是一个权力销声的场所……人们从学校或者公司回到家庭，只不过是从一个权力空间转换到另一个权力空间。实际上，家庭室内的配置是政治性的，室内的权力空间配置是对社会空间权力配置的呼应，是对它的再生产。"^② 家庭空间是整个现实世界的一个空间单元，是权力世界的缩影，家庭权力场给女性家庭成员带来的压抑和束缚尤为突出。《彩虹》中以安娜、厄秀拉为代表的女性的身体没能摆脱家庭关系中的权力束缚，只能向权力妥协。

首先，女性主体厄秀拉等屈服于父权制对女性身体活动的限制。每一个存在着社会关系的地方，就存在着权力；每一个掌握着权力的人，同时也受到权力的限制。"权力的无所不在，不是因为它包容万物，而是因为它来自所有的地方。"^③ 在小说中，父权制的幽灵在布朗文的家庭空间里徘徊，布朗文先生始终牢牢地抓住权力，他的妻子、女儿们则处于权力掌控之下。这种不平衡的权力关系使得长期处于被控制的一方渴望自由，然而现代性主体在自由的驱动下，即便想要通过探索感知空间来建构个体的生活空间，也由于受制于空间生产的约束，被控制的一方始终无法在狭隘的家庭空间里创造更广阔的个体生存空间。因而，厄秀拉等女性只能屈服于家庭空间对身体活动的限制。

在布朗文家里，女性身体活动的限制表现为她们的主体意识得不到承认。无论是妻子安娜还是女儿厄秀拉，她们都意识到自己的"他者"身份，陷入自我与世界的分裂之中。女性自我身体的风筝被父权的线攥着，女性温顺的身体向来是父权制的产物。例如安娜在结婚初期还向往悬挂在天空的美丽彩虹，但随之不久，她就回归家庭，履行打理家务、生儿育女的职责。厄秀拉比母亲安娜更具好奇心和探索欲，但她时常受到父亲的压制，从而对权威产生恐惧和厌恶，她认为她"只要能够避免与权威或权力发生冲突，她有充分的信心把她所想干的事情干好；但是如果受制于它们，她就会

---

① 汪民安.身体、空间与后现代性.南京：江苏人民出版社，2015：157.
② 汪民安.身体、空间与后现代性.南京：江苏人民出版社，2015：164-165.
③ 福柯.规训与惩罚：监狱的诞生.刘北成，杨元婴，译.北京：生活·读书·新知三联书店，2003：45.

不知所措，会被彻底摧毁"①。在家中，厄秀拉敬畏权威，疏远暴力，常常把自己独自锁在房间里，不与外界发生一切联系，凭着一股顽强的意志构建自己的小片天地。②家庭空间反映并生产家庭中的两性以及亲属间的张力关系，是其权力的空间表征。父权笼罩的世界是一个对女性尤其冷漠的世界，但是厄秀拉等女性却似乎只能暂时顺从权力的安排，她感觉到一股黑暗而神秘的力量在阻止她奔跑，但又不敢意识到它的存在，更无力去对抗它。因为这股神秘的力量笼罩在她身边，使她陷入一片黑暗。③

其次，女性主体安娜等屈从于父权制下女性身体作为生育工具的束缚。女性诞生的故事，无论是希腊神话里的潘多拉还是《圣经》里夏娃的诞生，都揭示了女性在男性社会里的从属地位及其独特的生殖功能。女性与男性相比，其所处地位使其更倾向于关注维持生理身体的食物需求，这也与西方文化中女性应当是"家务操持者"的传统观点形成呼应。④小说中，安娜作为丈夫布朗文附属的家庭角色参与空间生产，扮演着社会传统思想给女性限定的"家中天使"角色，她必须待在家里，渐渐忘却探索未知世界的想法，陷入盲目的满足之中。⑤但这绝不是安娜一个人的无奈，是所有女性在历史发展的各个阶段都会面临的父权对女性生殖功能的期待和约束。

尽管随着时代的发展进步和思想观念的推进，情况有所改观，但女性地位尚没有得到实质性的提高。女性仍然认同生育功能是女性身体最主要的功能的思想是女性屈服于权力政治的体现。18 世纪，资产阶级的启蒙思想开始影响女性的择偶观和婚姻观，当时的文学作品也反映出了这一现象，如《傲慢与偏见》中的伊丽莎白、《简·爱》中的简等女性人物争取女性在家庭内的平等、自由和独立的人格尊严。到了 19 世纪，资产阶级思想被确立为主导思想后，女性自我意识开始觉醒，英国女性有了更多的空间支配权

---

① 劳伦斯. 彩虹. 葛备，杨晨，曹慧毅，译. 哈尔滨：北方文艺出版社，1999：300. 以下小说译文如来自该中译本，则只标页码，不再赘述具体文献信息，未注明中译本页码处则为笔者自译。

② Lawrence, D. H. *The Rainbow*. Oxford: Oxford University Press, 2008: 222.

③ Lawrence, D. H. *The Rainbow*. Oxford: Oxford University Press, 2008: 237.

④ 王晓红. 论美国社会女性社会角色的嬗变. 西安外国语学院学报，2006（3）：94.

⑤ Lawrence, D. H. *The Rainbow*. Oxford: Oxford University Press, 2008: 206.

和参与公共空间的权利。但直到 20 世纪 90 年代，女性地理学家才明确指出了女性身体成为男权社会悲剧角色的根源。她们一针见血地指出女性身体的生育功能限制了女性身体的对外空间拓展，"将女性局限于私人空间的行为既是一种空间控制，也是对女性身体进行社会控制的行为"①。小说中的安娜最终在生育中得到了充分的满足。除了直接、普通、物质的东西，她对其他任何存在都不感兴趣②，但她却没有意识到女性空间的狭隘让她失去自我，因为她太热衷于生育和哺养孩子③，最终她成了可悲的角色。

二、身体在社会关系中的主体性丧失

身体置身于社会关系之中，其生存困境持续存在，身体主体性在监控中逐渐丧失。身体的主体性带有自觉性、我为性和能动性，即每一个身体个体都有意识自身的自觉性，参与主体活动的我为性，以及既能思想又能行动、积极实现自我目的的能动性。劳伦斯在小说《彩虹》中揭示身体在权力监控中逐步丧失主体性的现象与本质。尽管哲学领域中的身体，在尼采、弗洛伊德、亨利·柏格森（Henri Bergson）等哲学家的思想影响下逐渐受到重视，到了 20 世纪，身体逐渐成为一个极其重要的存在，但身体并未改变其受压抑的本质。不论是教师还是学生，身处 20 世纪初的学校环境中，身体受到监控，其主体地位也没有得到保障。劳伦斯在教师厄秀拉的经历中，融入他本人青年时期的教学经历，从自身的感受出发揭示身体在权力关系中的真实体验。

首先，身体主体性丧失体现为身体在被监控中丧失自觉性和主动性。哲学中的"我"，即主体，常常不是人的肉体或具有心理学属性的人的精神，而是形而上学的主体。但是，人的身体，特别是人的肉体，与其他动物、植物等一样是世界的一个部分。由于世界的整体性，身体妄图从一个空间到另一个空间寻求解脱恐怕是徒劳。小说中的厄秀拉想要逃避家庭中的父权制压抑感，来到小学教书。从章节标题"男人的世界"就能窥出，厄秀拉

---

① Masey, D. *Space, Place and Gender*. Cambridge: Polity Press, 1994: 179.

② Lawrence, D. H. *The Rainbow*. Oxford: Oxford University Press, 2008: 205.

③ Lawrence, D. H. *The Rainbow*. Oxford: Oxford University Press, 2008: 206.

并没能逃出权力的监控。身体主体性的丧失源于身体始终处于被监控这一现实，并且权力空间场往往充斥着训诫，强调统治和服从，带有潜意识的不可知性和意识的可知性。圣菲利普小学，是一种"监狱式"的空间形态，学校的空间秩序隐含着权力运作的模式，因为"空间是任何权力行使的基础"①。厄秀拉与哈比先生、布伦特先生等人的交互关系网络构成她的全部活动内容，呈现出他们在思想上的交锋，以及厄秀拉所代表的群体阶级对哈比、布伦特等人所代表的群体阶级的反抗。论其根源，无论是从宏观抑或是从微观上看，都体现出权力、地位的不对等。就宏观而言，社会的权力监控体系，旨在维护上层建筑，体现出一个群体阶级对另一个群体阶级的剥削和压迫；从微观上看，这是一种日常生活中存在着的性别不平等状况，是女性被压迫的社会现状。

小说中，身体主体厄秀拉在被监控中丧失自觉性和主动性，从满怀教学热忱的状态转变为教学创造力丧失殆尽的状态。厄秀拉怀着传道授业解惑的美好憧憬来到学校，"她将实现自己做一个受人爱戴的教师的梦想，把光明和欢乐带给孩子们！"（419）然而很快，她就意识到学校的存在职能相对固定，她无法因为个人社会理想的实现而抹杀学校的社会和政治功能。厄秀拉"也必须如此——放弃个人的自我，成为一架工具，一种抽象，来加工某一种材料——即一个班级的学生，以达到每天都使他们获得一定量的知识的预定目标"（432）。她身处其中，在这个强大的男人世界，只能暂时妥协，自我不复存在了，"她必须承认自己不适应这男人的世界，她无法在其中立足，她必须匍匐在哈比先生跟前。她仍将继续生活下去。但她未能在男人的世界里求得自己的解放，未能在那个巨大的自负其责的世界里获得自由"（441）。于是，两年教学生涯中，她在校长等人的监控中不断妥协，最终丧失教学热情和教学创造力。

其次，身体主体性丧失体现为身体在被暴力侵犯之下丧失我为性和能动性。学生作为教育机器链条中的关键一环，其主体性被掠夺，肉体成了维持生存的最后一个物质实体。小说中，那些小学生入学前原本是鲜活

——————

① Foucault, M. *Space, Knowledge, and Power*. New York: Pantheon Books, 1984: 252.

可爱的个体，当厄秀拉来到这个学校时，他们已经只剩下被控制、被暴力侵犯的身体和丧失我为性与能动性的身体。孩子们在学校里的学习没有目的，没有积极性，"他们低着头，驯服地阅读课本。然而，他们是机械的"（451）。权力监控的手段之一是使用暴力，暴力是实施权力、达到目的最直接最快速的手段。圣菲利普小学的学生们，在校长哈比先生的管控下，惧怕威力的震慑，对厄秀拉的温柔教学方式反而嗤之以鼻，不听管教。"孩子们永远不会自觉地规规矩矩地坐在教室里，顺从地接受知识，他们非得有一个更强、更聪明的意志来强迫，而且他们总是竭力与这个意志相违抗。"（431）厄秀拉最终只好狠狠地暴力殴打了一名学生，因为她发现哈比先生"有能力办到这一点，即用他的意志，野兽般的意志，用纯粹的暴力把孩子们化为僵硬、沉默的碎块"（437），她自己也必须这样，因为除了痛打一顿，没有任何别的办法能够制服那些想对她搞恶作剧的学生。小学生们活泼好动的个性和天真烂漫的可爱身影，只能在监狱般的学校里受到暴力的制服。厄秀拉心想着"宁可学生不遵守学校的全部规章制度，也不愿意去痛打学生，制服学生，并使他们处于哭哭啼啼、无人帮助的境地。她宁愿一千次地忍受学生的侮辱和无礼，也不愿意使她和学生的关系弄到这个地步"（458），但她仅凭一人之力无法改变这一局面。厄秀拉在学校这个空间的权力监控下，逐步丧失了选择的权力和自由。

三、身体在政治关系中的服从

在家庭中，身体被限制活动的自由和活动的范围，不得不妥协于家庭关系的束缚；当身体走出家门，置身于社会大环境中，又会在社会关系中呈现出被压抑和束缚的状态。再进一步来讲，如将身体置于国家机器统治下的政治关系中，即国家机器统治人、阶级统治阶级、人统治人的关系中，又会呈现出怎样的身体困境呢？

首先，个体身体在社会革命的大环境中无能为力，只能随波逐流。身体常常处于阶级统治的革命之中，无法选择自己所生存的社会环境。小说中，莉迪亚是波兰人，她流落到英国之前，曾经跟随第一任丈夫经历发生在波兰的社会革命。我们无从考证劳伦斯是否是在听闻1905—1907年的波兰革命后，杜撰了莉迪亚的故事，但我们知道历史上存在"政治革命"和"社会革命"这两种革命类型。前者是指在两种社会形态交替的过程中，社会内在的剥削结构并未发生实质性的改变，只是一种新的剥削阶级兴起，旧的、腐朽的剥削阶级衰败。后者是指被剥削阶级为了摆脱政治上的被统治地位，开展反抗剥削阶级的斗争，这种反抗是为了使被剥削阶级摆脱其在社会中被剥削和被奴役的地位。① 这两种革命的发生有着特定的时代背景，并且随着矛盾的激化，革命的浪潮越发高涨，越来越多的人盲目地被卷入其中。小说中的莉迪亚并不是一个激进的人，她就是被丈夫伦斯基这样的革命者洗脑之后身不由己地加入了社会革命。莉迪亚的自我在丈夫宣扬的爱国主义情怀和豪言壮语中湮没，她的身体仿佛着了魔似的跟随着，附和着丈夫的行动。被革命洗脑的人类身体逐渐僵化，重复着机械化的工作，似乎已经忘了做眼前的一切是为了什么。

然而，社会变革并不能真正改变社会现状，只会让人遍体鳞伤，带来更多的无奈和死亡。人们只有怀揣着对身体的敬畏、对生命的渴望，从身体出发，才有可能寻求到社会和谐之路。反观小说中的莉迪亚和她丈夫，他们忙于所谓的革命，没有时间照料家中的两个孩子，连孩子死于白喉都没有在第一时间知晓。事发之后，"阴影笼罩了莉迪亚的心头，她的心被一种奇怪的深沉的恐惧攫住了"（50），然而她无能为力；保罗则在丧子后不久，又继续回到革命的队伍中去。盲目的革命并不能给莉迪亚一家带来他们期待的生活，反而带来了生命的消逝和家庭的破碎。因而，独立的身体兼怀对生命不可屈服的热情，才能真正获得生的希望。这也是为什么莉迪亚在保罗死后反而松了一口气——"他再也不会在她身边横冲直撞了"（50），她可以获得独立的身体，进行独立思考了。但莉迪亚直到老年之后才有这个领悟，才意识到"她是他实现自己关于民族主义、自由、科学等种种理想所必需的物质条件"（284），"他却曾经是她的上帝"（286），而她的身体仿佛是上帝的祭祀品，她需要照顾和服侍她的主人——伦斯基。

其次，个体身体在政治军事战争中显得十分渺小，无力改变战争的局

---

① 陆凯华. 政治革命还是社会革命？——唯物史观视域下马克思对 1848 年革命经验的总结. 观察与思考，2020（12）：36-45.

面，只能服从国家统治。劳伦斯在创作这部小说时刚刚经历第一次世界大战，他对战争持旗帜鲜明的反对态度，"我强烈反对战争，我真能拧这些人的脖子"①。所以我们不难理解，在《彩虹》这部小说里，除了涉及社会革命，还有部分篇幅用于讨论战争的主题。小说中，安东支持战争，服从殖民统治的思想，而厄秀拉则反对战争和殖民统治思想。二人思想差异的火花碰撞，揭示出人在战争中的弱势及劳伦斯对战争的反对态度。

在战争和殖民统治下，部分身体个体服从国家机器，参与破坏他者的身体，剥夺他者生存的权利。小说《彩虹》的背景以现实为基调，是英国国家机器近几百年运转史的写照。英国经历了权力重心从国王到上议院、下议院的转变，到20世纪初期，英国逐渐衰弱，资产阶级和工人阶级的矛盾日益显著，贫困日益加剧，失业等社会问题越发突显。为转移矛盾，英国在国内实行了一系列的政治体制，采取了社会保障等措施，同时也将战争的矛盾对准了全球。在这样的社会背景下，安东作为一个为国而战的健壮青年，随时听从国家的召唤，哪怕不能持枪上战场，也"会去修铁路，或造桥，像一个黑人一样干活"（345），为战争贡献自己的力量。战争是一个国家发动殖民的前奏，安东以其血肉之躯，响应战争，是一种对殖民的支持态度。安东离开英国远去印度，认为是帮助当地的人民建设国家。殖民的本质是对被统治者的压迫和剥削，即使殖民者打着文明的旗号，打着上帝拯救世人的幌子，自以为天赋神权，在帮助一群无依无靠的芸芸众生。英国是现代文明发达的国家代表，而印度是有着古老文明的国度，英国人自以为是地要把所谓现代文明的种子播撒在古老文明的土地上，把他们所谓的现代建筑、桥梁、道路建设起来，却从身体上、思想上控制着他者文明。安东作为一个军人，表示出对国家的绝对服从，他认为"作为统治阶级的一个成员，他的整个存在将奉献给完成和执行国家的良好意愿"（502）。那么作为被统治者的一员，他们的美好生活又在哪里？

在战争和殖民统治下，即使有另一部分反对战争的人存在，并以一己之力提出抗议，但仍无法扭转局面。厄秀拉与安东就"战争到底是一件严肃

---

① 劳伦斯．激情的自白——劳伦斯书信选．金筑云，应天庆，杨永丽，等译．广州：花城出版社，1986：281.

的事还是一场游戏"这一话题，展开了激烈的讨论：

> "然而仗一打完你又得把它们折了，这也不好像是一场游戏吗？"［厄秀拉］
> "如果你想把战争叫做是游戏的话。"［安东］
> "那么战争到底是什么呢？"
> "是最严肃的事情。"
> 一种强烈的分裂感来到了她的心里。
> "为什么打仗比其它一切都更严肃呢？"她问道。
> "因为你将去杀人，或是被杀死。我想，杀人总是够严肃的了。"（345-346）

　　安东认为战争是件严肃的事，他可以牺牲个体身体，甚至可以无视身体的毁灭，以换取国家权力。安东相信战争是服务于国家的必要手段，它能为国家取得权力，保障国家利益，而战争造成的个体死亡是必要的牺牲。他认为他属于国家，因此得为国家效忠，因为先有国家才有个体的生存空间。厄秀拉则认为战争是权力争夺者之间的游戏，她认为发动战争的人是权力的掌控者，参与战争的人是机械化的愚蠢人，而她只想成为自己，因为只有每一个个体的自由、完美才能成就整个国家的自由、平等。"她是多么希望能够反叛，发怒，去战斗！然而，用什么去战斗呢？难道她凭着自己的一双赤手空拳就能够与大地和山峦对抗吗？尽管她的胸膛想对抗整个世界，而且就凭着这双小小的手。"（365）厄秀拉在与安东的讨论中，提出自己的反对意见，但并没有起到任何作用，只表明了底层劳动人民对战争和权力监控的无奈与妥协。

　　战争到底是严肃的事，还是游戏？这段讨论虽然没有给出一个明确的答案，但从对话的字里行间我们可以看出劳伦斯以人为本的身体直觉观。劳伦斯细致地描述《彩虹》中人物的身体形态及其行为，表达对社会变革和战争及其背后资本操控的批判与不满。劳伦斯擅长描绘健康、完美的男性身体，安东"是一个长着一双清澈的灰眼睛的青年"（321），"褐色的头发又软又密,像丝线一般……他的皮肤很细腻,身材轻巧优美"(323)。厄秀拉直言:"我爱你的身体,它是那么洁净、美好。"(520)安东以其挺拔、美好的身躯参与残酷的战争,而"战争的不幸消息不断传来"(372),士兵在战争中有伤残,甚至是死亡。"这场战争使我很消沉……要是他们被杀死了,我也不在乎,可对那些敏感的人,想到他们会从这场可恶的、野蛮的、可怕而又愚蠢的战争中遭受打击,变成残疾,变成这个病态社会的负担,我确实担心极了。"[①]健全的身躯与伤亡的身躯形成强烈反差,引发人们对战争、对人性的进一步思考。劳伦斯出游墨西哥、意大利、澳大利亚等国,想要寻找未经工业化现代文明发展玷污的地方,但是却发现各国、各地的人们为了争权都引发了不少的社会变革、社会暴乱和社会斗争等,这些在劳伦斯的另两部小说《羽蛇》(*The Plumed Serpent*)和《袋鼠》(*Kangaroo*)中都有所提及。

劳伦斯描述身体政治性在家庭、社会、政治等权力关系中的表现,揭示身体的无奈妥协、主体性丧失和消极服从。劳伦斯批判身体在资本主义工业社会中所受到的压抑、控制和毁灭,并试图为主体找寻更好的出路。

第二节 身体在权力关系中的反抗

身体在权力关系中处于被动、压抑的状态,那么身体如何才能摆脱这种状态,恢复生命活力?劳伦斯试图在《彩虹》中塑造以厄秀拉为代表的女性人物,以她的反抗作为探索身体解放途径的起点,寻求身体的独立和自由。厄秀拉反抗权力压制、权力监控和殖民统治的意愿强烈,但她在家庭关系、社会关系和殖民关系中分别与父权压迫、权力监控与殖民统治对抗时,其个体抗争停留在逃避出走、无声抗议或言语争辩等略显消极的行为上,抗争成效并不十分理想。

---

① 劳伦斯.激情的自白——劳伦斯书信选.金筑云,应天庆,杨永丽,等译.广州:花城出版社,1986:281.

一、身体与家庭关系中父权压迫的对抗

劳伦斯笔下有不少不甘被家庭关系压制的抗争女性，但以失败者居多。就《彩虹》这部小说而言，艾尔弗赖德·布朗文太太、汤姆·布朗文太太莉迪亚、威尔·布朗文太太安娜这三代女性努力争取父权制统治下的女性地位，但最终没能成功逃脱父权制统治下家庭空间的束缚，而是沦为生育的工具。厄秀拉为斩断家庭关系的锁链展开了强烈的对抗，主要体现为不满家庭空间对女性活动的局限，反抗"生产结构"和"生育结构"①对女性的压迫。

首先，厄秀拉反抗由"生产结构"带来的父权制压迫。父权制下的生产结构主要特征为男性占有生产资料，男性拥有定义女性社会职责的话语权。这种生产结构使得女性很难参与到社会生产之中，只能在家庭中承担家务，依附于男性而生活。劳伦斯在小说中呈现的布朗文家族三代女性的生活方式中，只有厄秀拉的方式具有反叛的力量。厄秀拉天性自由，她自小生活在父亲的权威控制下，与之产生了强烈的冲突。在父权制的压迫中，厄秀拉最初压抑自己的情绪，躲进自己的空间，避免与父亲等人的接触，而后随着年岁的增长，她逐渐萌生反叛的力量，面对父亲的责骂，"她不理不睬，无动于衷，脸上依然浮现那种冷漠的神情，仿佛什么都不放在眼里"②。厄秀拉的主体意识在她与母亲的他者镜像碰撞中更加突显，母亲安娜只考虑物质享受，拒绝其他社会现实存在，厄秀拉则反其道而行之。她在成长的过程中，逐渐确立心意，决心要跳出束缚女性的家庭泥潭，以祖母、母亲等女性在抗争中的失败为前车之鉴，力求摆脱女性受压抑的家庭地位。但是，年轻的厄秀拉忽视了女性在家庭中受到压抑的社会根源，她以为只要离开家就能探求实现自我意义的道路，其实不然。

其次，厄秀拉反抗"生育结构"带来的父权制压迫。在父权制社会里，女性的生育行为被视为是天经地义的；在资本主义制度下，孩子被看作女性的创造物。女性的生育功能使得她们不能加入关键性生产，导致她们处于

① 米切尔. 妇女：最漫长的革命. 陈小兰，葛友俪，译 // 李银河. 妇女：最漫长的革命——当代西方女权主义理论精选. 北京：生活·读书·新知三联书店，1997：16-40.

② Lawrence, D. H. *The Rainbow*. Oxford: Oxford University Press, 2008: 221.

被压迫的境地。小说中，安娜接连生了九个孩子，她在生育中得到了充分的满足，"很悠然地满足着自己，老是为孩子们做东西，感到这样就算尽了一个女人的天分"（396），但厄秀拉被她的孕育行为激怒了，她"是多么痛恨，她多么想反抗这种狭隘平庸的家庭生活"（396）。"布朗文太太以一种正在生育的动物的狡猾本能，讥笑、贬低厄秀拉的情感和思想"（396），而厄秀拉想要"坚持妇女应当享有的与在地里干活的男人们同等的地位和权利"（396）。这针锋相对的体验过程，激发了厄秀拉追逐真正自我的原始动力和追寻更广阔生存空间的梦想。

基于两种反抗思想，厄秀拉采取出走的行为以摆脱家庭关系对女性生活的压抑和束缚。家庭空间在身体主体意识中产生，在物质生产活动中形成固有的模式，并反过来影响主体的身体意识。[①] 厄秀拉没有在逆境中迷茫，她知道自己想要什么，她选择迎难而上，去寻求外部空间中的另一个自我。厄秀拉第一次出走是她十二岁那年被送到诺丁汉郡读书。厄秀拉兴奋不已，因为她可以暂时逃离"那使人变得渺小猥琐的生活环境，摆脱那充斥着可鄙的嫉妒与吝啬，以及无聊的争吵的地方"[②]。第二次出走是中学毕业后，厄秀拉自己强烈要求去一所小学任教，想要去学校解放自己被压抑的身体。第三次出走是厄秀拉走进大学校门，试图在大学的广阔空间中寻找自我。家庭空间对厄秀拉而言是她出走的起点，是推动她向外部广阔空间出发的力量。

厄秀拉之所以采取出走的方式对抗家庭关系的束缚，有着以下两方面的缘由。一是她的自由身体与家的局促空间格格不入，她需要摆脱外部空间的束缚以实现自我的身体自由。"空间分布、地理经验和自我身份认同三者之间是相互影响的"[③]，因此，厄秀拉在家庭空间的束缚中产生了女性身份的认同困惑，而这一困惑同样困住了她的自由身体。二是她的身体感知、理想生活与家庭空间的现代权力谱系无法融为一体，她需要通过出走去寻

---

① Lefebvre, H. *The Production of Space*. Oxford: Blackwell, 1991: 139.

② Lawrence, D. H. *The Rainbow*. Oxford: Oxford University Press, 2008: 262.

③ Wagner, P. L. Foreword: *Culture and Geography: Thirty Years of Advance*. In Foote, K. E., Smith, J. M. & Mathewson, K. (eds.). *Rereading Cultural Geography*. Austin: University of Texas Press, 1994: 7.

找匹配的空间形式。厄秀拉的空间移动意识推动她不断地进行空间的位移和转换，去寻找身体解放。这一过程表明厄秀拉从熟悉的家庭空间向陌生的社会空间转移，从自我精神世界向"他者"外部世界转换，不断地进行自我重塑。[①] 在空间转移的过程中，厄秀拉试图寻找适应女性主体的生存模式，求得身体的自由和解放。

厄秀拉以出走的方式去抗争，以身体的空间转移方式摆脱家庭关系的束缚，这种抗争方式是回避型解决方式，短时间内可以起到一定的作用，却不能从根本上消解身体压抑的事实。这种逃避性的自我追逐模式应和了劳伦斯的积极悲观主义思想。

二、身体与社会关系中权力监控的对抗

身体在社会关系中处于被监控的状态，丧失自主权。厄秀拉不满于身体现状，对抗权力监控的凝视方式和暴力手段，想要坚守身体意识的不屈意志，实现身体自主性。在对抗中，厄秀拉具有思考的力量和行动的勇气，但缺少一点坚毅和执着，这也体现出人在权力运作的资本主义社会关系中，仅靠个体的力量难以在对抗中取得必然的胜利。

首先，厄秀拉反抗权力监控的凝视方式，试图打破层级监控，坚守身体的不屈意志。小学既是公共生活形式的基础又是权力运作的基础，就像一个强大的封闭、复杂、具有阶层的结构[②]，从校长到教师到学生的层级监控体系维系了监狱般的圣菲利普小学的教学运转。以哈比校长为代表的权力掌控者始终在远处和近处凝视着每一个人的言行举止，使每一个人都在权威的监控中生活。厄秀拉在这个机构里成为身体监控的实施对象，时时感到挫败和威胁。哈比校长不时地来到她的课堂，站在那里，用一双带着和蔼微笑的眼睛望着，在注意倾听，那双眼睛是那么吓人[③]，而那群孩子则会把她看作一个权力代表。厄秀拉不愿完全屈从于学校，不愿被监督和操

---

① 张德明. 从岛国到帝国——近现代英国旅行文学研究. 北京：北京大学出版社，2014：112.

② Lawrence, D. H. *The Rainbow*. Oxford: Oxford University Press, 2008: 407.

③ Lawrence, D. H. *The Rainbow*. Oxford: Oxford University Press, 2008: 375.

纵。"她永远不会屈服，她必须了解它，暂时为它服务，只为有朝一日能摧毁它……因为她不想成为男人世界里的囚犯。"① 她按照自己的模式与孩子们交往，不屈服于哈比校长的安排，然而，厄秀拉的反抗精神在与权力监控的交锋中，逐渐败下阵来。监督使规训权力变成一种内在的体系，"虽然监督要依赖人实现，但是它是一种自上而下的管理网络的作用。这个网络'控制'着整体，完全覆盖着整体，并从监督者和被监督者之间获得权力效应"②，因而，厄秀拉无法在社会关系的反抗中彻底实现身体意识的自我重构，最终不得不成为监控学生的一员。

厄秀拉的抗争始于身体的本能意识，败于现实存在的残酷。她在寻找"我到底是谁"的答案，然而"真正的厄秀拉隐藏在黑暗中，并没有被发现，她还在找寻光亮"③。厄秀拉离开圣菲利普小学时，心情复杂，她不满于机械化社会制度埋没人性，不甘于阶级压迫和监控，热切渴望妇女的平等权利。她的逃离只是短暂的逃避，而她即将面对的是更大的牢笼，大学只是一个贩卖知识的地方，大学就像一个虚假的车间，只为了追求物质利益而不是为了知识和人才的生产和输出。④ 厄秀拉的逃离只是让她从一个充满权力压迫的地方到另一处虚伪的现实空间中。

其次，厄秀拉反抗权力监控的暴力手段，试图打破规范化裁决，尊重身体的自由意志。一整套规范化的教学程序是学校运转的标准模式，为使整个学校的教学运转规范化，权力机构对身体采取了一定的规训和惩戒，以达到驯服个体的目的，而暴力便是惩戒身体最强有力的手段。哈比校长的教学干预和对学生的体罚让厄秀拉极度抗拒，然而学生们习惯在暴力之下反抗和屈服，反而容不下她的文明教学法则。厄秀拉对暴力是从心底抗拒的，她的身体意志在学校这个意识形态的阵地上饱受权力监控，但从未屈服。她每次对学生暴力鞭打时，"都似乎有一团烈火在她的身躯穿过，灼烧着她敏感的肌体"（458）。厄秀拉对这种为了生存而不得不做的行为感到

① Lawrence, D. H. *The Rainbow*. Oxford: Oxford University Press, 2008: 404.
② 福柯．规训与惩罚：监狱的诞生．刘北成，杨元婴，译．北京：生活·读书·新知三联书店，2003：200.
③ Lawrence, D. H. *The Rainbow*. Oxford: Oxford University Press, 2008: 408.
④ Lawrence, D. H. *The Rainbow*. Oxford: Oxford University Press, 2008: 408.

懊恼和痛苦。她在这所小学里看不到自由、美好的希望，但她将这些耻辱铸进她的体内，决心不屈服、不忍受，只是懂得在摧毁它们之前，需要暂时的隐忍，"这样的枷锁她绝不会长期忍受"（459）。在这两年的"牢狱"斗争中，她逐渐独立、清晰起来，"她那狂乱无序的灵魂变得更坚定，更独立了"（460）。

厄秀拉在社会关系中的抗争以身体本能的真实感受为出发点，关注身体的自我意识与自我认同。但由于自身力量不够强大，厄秀拉难以在正面冲突中获得胜利，从而采取消极的回避策略，继续探寻身体自由和解放的切实可行的道路。

三、身体与政治关系中殖民统治的对抗

相对于社会关系中的消极身体，厄秀拉在政治关系中的身体对抗表现得更为强烈和坚定。厄秀拉的政治态度同样也表达了劳伦斯本人的反战思想和反"民主"思想，"如可能，让我们一起战胜死亡，反对战争，反对无政府主义。还有反对假民主，它使各处出现分裂的现象"①。

首先，厄秀拉对抗殖民统治的反战思想，表现为尊重个体身体的体验和身体的完整性。劳伦斯认为，战争摧残人的身体，而身体的残缺导致思想扭曲，严重损害社会的发展。劳伦斯的反战思想，源于他自身饱受战争的痛苦，他在多部小说，如《迷途的少女》（*The Lost Girl*）、《阿伦的拄杖》（*Aaron's Rod*）、《查泰莱夫人的情人》等中都表达了这一思想。在《彩虹》中，厄秀拉为劳伦斯代言，态度鲜明地反对战争。她痛恨痴迷战争的安东，痛恨他所效力的军队，她对安东崇尚的虚无主义思想感到害怕，对他支持的国家权力与民族信仰充满仇恨。厄秀拉在对待战争的理性态度与对待安东的感性情愫之间选择了理性，选择与安东分道扬镳。厄秀拉之所以看中个体的身体体验，是因为"身体的主观感受和身体的获得体验是思想的基础内容"②，也就是说身体变化是心理现象的外在表达方式。厄秀拉在与安

① 劳伦斯.激情的自白——劳伦斯书信选.金筑云，应天庆，杨永丽，等译.广州：花城出版社，1986：281.

② Gibbs, R. W. *Embodiment and Cognition Science*. Cambridge: Cambridge University Press, 2004: 271.

东的相处中，就战争问题发生摩擦，他们思想上的冲突引起她生理上的不适，即使他俩阔别六年再相见，厄秀拉也模糊地意识到"他们是两个在休战中走到一起来的敌人。他的每一个动作和每一句话对她来说都是格格不入的"（501）。她试图妥协于思想的差异，纯粹去喜欢他"可爱的面容和皮肤"（501），却无法控制身体在激烈的冲突中表示抗议。厄秀拉注重身体的完整性是由于心智是具身的，即身体意识体现在身体上，与身体融为一体。① 而战争对身体进行破坏和毁灭，战争的发起者试图控制身体意识，迫使身体驯服。厄秀拉难以接受战争，以及对杀戮提供支持的行为，她更注重身体的存在。身体与身体意识的统一正是她日后能实现身体重生的基础。

其次，厄秀拉对抗殖民统治的反战思想，体现为尊重个体身体，维护身体尊严，反对所谓的"民主"——真正意义上的殖民侵略。资本主义社会所谓的"民主"标榜为了殖民地人民的利益提供人力、物力等经济上的帮助，其本质上是对他国的殖民侵略。劳伦斯的反"民主"思想是对资产阶级虚伪的批判，其思想在小说中体现为厄秀拉与安东在讨论政见时，表达出反"民主"观点。厄秀拉推倒所谓"民主"的大旗，"在民主国家里，只有贪婪和丑恶的人才爬到社会顶端……因为只有这些人才能爬得上去，只有堕落的民族才讲民主"（523），她又揭露"民主"的本质：

> 你感到这完全是正当的，统治他们是为了他们的利益。你是什么人？有什么权利认为这完全是正当的？在你的统治中，你有什么可以感到正当的？你们的统治臭不可闻。你统治的目的是什么？只不过为了把事情弄得像这儿一样的死气沉沉和卑鄙拙劣。（524）

"民主"带来的侵略和对个体的不尊重始终是横在她和安东之间的一道坎。当厄秀拉暂时搁置这一分歧，只享受单纯的身体愉悦时，他们仿佛又有了生的热情，但厄秀拉在理性与情感的对抗中，最终选择了维护身体尊

---

① 叶浩生.具身认知：认知心理学的新取向.心理科学进展，2010（5）：705-710.

严的反"民主"思想。劳伦斯将政治关系中身体抗争的侧重点放在主体对身体尊严的尊重和对生命的敬畏上。

不论在家庭关系、社会关系还是政治关系中，权力政治操控的对象都是人的身体，因而，身体在权力政治压迫中实施反抗行为。而身体要在服从与反抗权力之间寻求平衡点，实现身体解放和自由，唯有打破一切旧事物的枷锁，才能获得重生。

第三节 身体在权力关系中的重生

身体想要打破权力监控体系，重塑新的生命，既要着眼于个体自身的发展，又要将个体置于历史的长河中，在横向和纵向发展中成就感性、和谐、独立自主的完整身体。个体身体想要在权力的监控下获得重生，需要关注自身的感性经验，完善自我，重构自我身份；需要抛却一切旧我，实现自我身体的统一性以及与他者身体的统一；需要塑造独立自主、毫不妥协的人格，成就完整身体。个体更要从历史出发，追溯身体的成长历程，并在历史的沉淀中突破理想与现实的矛盾，重塑自我，实现身体自由。

一、个体身体的重生

个体身体的重生主要体现为个体注重自我感性，寻求自我与他者的和谐，成就身体独立性、完整性的过程。

首先，厄秀拉身体的重生表现为遵从其感性身体。一方面是关注主体自身的身体经验，通过身体的感官经验将身体的切实感受内化为独立的内在精神；另一方面是在意识与身体（知性与感性）的纠葛中逐渐实现性格的完善和身份的自我重构。

一方面，厄秀拉在权力场中通过关注自身的感性经验，逐渐实现精神的独立。在父权制社会里，性别、身体与空间始终是权力统治运作的场域，女性的身体是被控制、被压迫和被改造的对象，不具有权力和自由，因此女性的身体呈现出"狭小局促性、自我圈限性、压抑扭曲性和道德训诚性"①的特点。在厄秀拉身上则体现为她在与父亲的关系处理中，身体呈现出局限性和压抑性；在与校长等人的关系处理中，她的身体呈现出压抑性和扭曲性；在与男友安东的关系处理中，因政治问题与之产生分歧，她的身体呈现出扭曲性和局促性。在这些问题中，无论厄秀拉是顺从还是对抗都无法获得身体的独立和自由，当她转而意识到身体经验本身的重要性时，她通过纯粹依靠身体感知来实现身体的升华，实现身体自由和精神独立。

另一方面，厄秀拉在身体的体验和认知的相互作用中逐渐完善自我，实现重构。身体由物质构成，并附着着各种社会关系，因而有其自然属性和社会属性；身体感知是个体对他者身体，对世界身体的体验和认知。黑格尔在《精神现象学》(*The Phenomenology of Spirit*)中将意识与身体分开，指出人最初的意识萌芽让身体学会克制，意识和身体、知性和感性存在着此消彼长的较量。身体的体验如情感体验是身体的自然冲动，因为身体的行为虽然被人化的东西影响，而人却去不掉它的原始动物性。所以，厄秀拉在与安东的交往中，被安东身体里的男性力量所吸引，觉察到自身体内被抑制的激情，渴望着将身体里的能量释放。在安东的他者镜像中，厄秀拉第一次发现自己身体的激情和美，并爱上了它，从中逐渐了解到另一个自我。身体在与他者身体和世界身体的交锋中获得身体经验时就获得了身体认知，而厄秀拉正是在这一过程中逐渐懂得取舍，认识到自身体验在认知世界过程中的重要性。她曾经想要放弃自我身体的情感体验，选择嫁给安东，过上像母亲安娜一般机械的生活，但正是因为她在与父亲的矛盾中，在与校长的交锋中，在与安东的身体和理念上的冲突中，积累身体的认知，从而战胜自我，颠覆自我，重构自我。

其次，厄秀拉的身体重生表现为实现身体和谐，即实现自身与他者身体、世界身体的有机统一。身体在权力关系中，常常表现为身体与身体、身体与世界的格格不入，从而常常处于被压抑、被束缚的状态。和谐的身体应该是人类生命中种种元素和谐地交织在一起，并与自然和谐地交融，

---

① 谢纳. 空间生产与文化表征——空间转向视域中的文学研究. 北京: 中国人民大学出版社，2010: 225.

构成人类的和谐状态。这样的和谐身体应该如厄秀拉想象的那样是一颗"裸露着的、干净的核仁，生长出干净有力的枝芽来，而世界就是一个已经过去的冬天，被人抛弃了……而核仁却完全自由，裸着身子，努力长出新的根来，在时间的激流中创造一个永恒的新知觉"（563）。厄秀拉勇于在权力中探寻和追逐自身的原始力量，超越家庭关系、社会关系、政治关系对人的压制，在身体的自然状态中找到统一。诚然，厄秀拉在探索的过程中向父亲的权威妥协过，向学校的权力妥协过，向安东代表的政治权势妥协过，但她最终选择了抗争。虽然她的反抗有时仅表现为消极的身体逃离，有时仅是来自内心的强烈抗议，但这并不影响她坚持探索，最终实现身体和谐。

厄秀拉在大自然中寻找到和谐的平衡点，看到人类社会的希望，实现了身体和谐。厄秀拉曾经历身体的痛苦痉挛、身体的僵死，陷入绝望，直到她在树林中行走，她才如释重负。她终于彻底明白，真正的和谐不是逼迫自己融入现有社会赋予人的条条框框，而是"不管她身上遭受什么样的风暴，她仍然不可侵犯，也不可更改"（561）。在小说的结尾，"她在这道彩虹中看到了大地上的新建筑，看见旧的、腐朽不堪的房子和工厂被一扫而光，看见世界将建筑在生气勃勃的真理结构之上，与笼罩大地的苍穹正好协调"（566），厄秀拉最终在大自然中寻找到身体的和谐。

再次，厄秀拉的身体重生体现在实现身体的完整性，成为独立自主的身体，而不是妥协的附属身体。其一，身体摆脱其在父权制中繁殖功能的束缚，拥有完整的自主权。厄秀拉与父亲权威进行对抗时，逐渐打破父权话语下的女性生育束缚，摆脱自我局限和压抑的状态，释放自由身体的空间。虽然厄秀拉得知自己怀孕后，曾试图妥协于生殖身体而回归母性，愿意与安东组建父权制的婚姻家庭，甚至写信给安东，表明自己愿意因为孩子的存在，做个贤妻良母，但她最终选择冲破孩子的束缚，"我必须冲破罗网，就像核仁冲出硬壳一样，这硬壳根本不是现实"（562）。厄秀拉将自己的身体从父权制建构的女性身体所属的关系中解放出来，主宰自我的身体空间，并以身体的物质载体实现身体意识的主体性。其二，身体摆脱其在权力监控下的压抑和控制，摆脱被统治、被殖民的境遇，实现身体的完整性。厄秀拉最终拒绝与安东结婚，因为她无法接受以安东为代表的英国人对印度人民的殖民统治，只要一想起战争，她就感到非常不安。当男人们拿着武器互相残杀时，她似乎觉得整个宇宙正在跌入无底的深渊。殖民身体是战争的产物，是政治斗争的结果，完整的身体必须是消除殖民和被殖民烙印的身体。其三，个体身体从爱中寻找完整的自我。厄秀拉经历身体的驯服、抗争之后，终于在小说的结尾处找到心中有爱的完满身体。她的老师英格小姐曾告诉她，女人不能把自己的身体作为男人实现思想的工具。祖母莉迪亚也说，"我希望那个人会因为你而爱你，而不是根据自己的要求爱你。但是，我们都有要求的权力"（288）。自我身体的完整既源于身体之间的相互独立，又源于身体之间的相互有爱。

总而言之，个体身体的重生是指获得不依附任何权力、不被权力监控的独立自我，以及获得像彩虹一般绚烂的完美自我。劳伦斯赋予了厄秀拉身体重生的希望和未来。

二、身体的代际重生

不同历史时期的个体呈现出不同的身体特征，《彩虹》中的四代女性在代际关系的历史发展中，既表现出身体的代际传承与对抗，也体现出身体的代际升华与重构。

首先，身体的代际重生体现在代际的传承与对抗上。劳伦斯以历史的角度描绘布朗文家族的女性身体在社会发展变革中的继承与颠覆。传统社会以农业经济为主，农业文明决定父权制的社会模式。家庭作为社会最小的单位，是经济层面上的一个单位。男性在家庭和社会中掌握着生产资料，并在资本市场的产品分配中占据主导和支配地位。到了工业社会，家庭分工发生了变化，女性逐渐离开家庭，走向社会工作岗位；社会秩序发生了变化，资本剥削和压迫逐渐占据支配地位；政治关系发生了重大改变，国家之间的殖民与统治在科技和资本的助力下更加疯狂和肆虐。代际关系中的不平等模式，决定了女性在这样的社会模式中要么选择继承上一辈的社会关系，要么选择改变与颠覆。因此，从男性角度看，《彩虹》是三代布朗文家族的男人传承史；从女性角度看，《彩虹》是以艾尔弗赖德·布朗文太太为首的四代女性的传承与抗争史。第一代夫妻艾尔弗赖德·布朗文和妻子住在马什农场，过着简朴的农业生活，享受着自然和快乐。但很快"一条新开的运河穿过马什农场的草地，把埃里沃希山谷的一些新煤矿连成一片"（6），布朗文太太开始对这个世界充满好奇。第二代夫妻汤姆与莉迪亚依然住在农场，汤姆对农村的生活很满意，而莉迪亚来自波兰，经历过政治暴乱，对身体有着不一样的认识。她认为女性的身体应当被尊重，女性有权获得她们想要的事物，而不是拿身体去交换，但她自己却没能突破传统社会对女性身体的束缚。安娜与威尔是第三代布朗文家族的继承人，他们一开始对外部世界不闻不问，与世隔绝，后来对世界进行更进一步的探索后，威尔放弃了农场的生活，从事木匠工作，最后成了教育委员会的雕刻教师。安娜在教堂多次看到的拱形屋顶触动了她的身心，但她最后放弃抗争，选择传统女性的身体功能，做一个"家中天使"。最年轻的一代厄秀拉，她的勇敢、坚毅和独立正体现了她对传统的抗争，对母亲、外祖母的叛逆和颠覆。厄秀拉身上展现了身体变革的希望和未来。

其次，身体的代际重生体现在代际升华，即身体在历史的沉淀后，在空间的转移中实现能动的个体身体。劳伦斯不仅从时间的纵向角度，更是从空间的横向角度，揭示了第四代女性厄秀拉的转变和升华。劳伦斯在各国的游历中对空间产生了独特的体验，他提出空间精神的重要意义在于其揭示人类各种与众不同的潜质与世界上的各个地域都有着无法切断的关联[1]，即有着不同空间经历的人物有其相应的特质；个体随着空间的转换，会产生各种奇特的体验。劳伦斯在《彩虹》中两次将"The Widening Circle"作为章节的标题，描绘厄秀拉从内部空间出发，到外部空间，再回到内部空间的循环过程，揭示了厄秀拉在资本主义工业社会的城市化进程背景下，通过在父权制社会中的探索，试图突破理想与现实的矛盾，找寻身份，寻求女性身体的释放和自我的重塑。最终，母亲安娜追寻的拱形屋顶在厄秀拉的时空变成了真正的彩虹，厄秀拉在绚丽的彩虹中找寻到身体的真正意义：

---

[1] Zhu, T. B. (ed.). *D. H. Lawrence: Selected Literary Critiques*. Shanghai: Shanghai Foreign Language Education Press, 2003: 223.

她知道，彩虹已弯弯地扎根在他们的血液里，并将在他们的精神中抖动着恢复生命；她知道，他们会抛掉覆盖在身上的硬壳，这样，崭新、干净的赤裸身体便会脱颖而出，经历新的萌生，新的成长，起来迎接天上降临的阳光、风和纯净的雨水。（566）

这样的身体不会被压迫和殖民，不是生育的工具，不是用来牺牲以换取利益的工具，这身体是自由、解放的象征，是权力之下具有能动性的主体身体。

综上所述，小说《彩虹》中展现的身体与权力关系，揭示了身体主体在权力关系中的驯服、抗争和重生，并从中寻找身体自由和身体解放的道路。厄秀拉在与父权制抗争、与社会权力和政治权力对抗的过程中有过退缩，有过失败，但她拥有摆脱一切压制和束缚，放飞自我身体的决心，这使她最终找到感性、和谐和完整的身体，并在祖辈的代际沉淀中实现自我重生。劳伦斯在考察身体与权力关系时，重点聚焦以下两个方面。一是批判权力政治作为国家机器的一部分，对无产阶级进行身体控制，使其成为身体机器的社会现实。二是强调个体身体在权力关系中实现重生，变革社会体系的重要性。作为主体的身体在权力关系中与父权制、社会权力和政治权力积极对抗，并在历史沉淀中传承与颠覆，最终获得重生。《彩虹》所呈现的身体在工业社会压迫中寻求解放的过程和途径，对我们认识身体的政治性，实现身体重生有着积极的现实意义。

第四章

《恋爱中的女人》中身体与精神的离与合

　　《恋爱中的女人》是一部以厄秀拉和戈珍姐妹俩的恋情为中心，探讨小说人物身体与精神的离合关系，表征生命意义的小说。国内学者极少从身体视角切入，他们大多关注的是这部小说中展现的生命哲学、生命与死亡主题等。漆以凯以象征意象为切入点，指出这部小说表现了"腐朽与更新，毁灭与创造，死亡与新生的辩证关系，宣扬在毁灭中实现创造，通过旧事物的死亡促进新事物的诞生"①的哲学思想。张琼认为，劳伦斯通过对死亡事件的具体描写和象征性表述，向人们展示死亡是新生的起点，腐朽是生命的源泉；劳伦斯旨在为腐朽文明找到一条出路，使人类获得新生；劳伦斯的死亡观体现出他对死后重生的渴望。②庄陶指出，劳伦斯试图通过小说来激发生命的热情，探索两性之间的和谐，主张现代人应从两性的和谐关系中寻找生命的源泉。③与国内研究不同，英美学者已经对这部小说展开了身体研究。苏珊·里德（Susan Reid）认为，尼采人生哲学对劳伦斯的影响为《恋爱中的女人》中许多人物注入了活力。④狄安娜·温德尔（Deanna Wendel）提出，后人文主义的身体被工业社会所毁灭，劳伦斯在这部小说

---

① 漆以凯. 荒原启示录——论《恋爱中的女人》. 外国文学研究，1997（4）：88.

② 张琼. 杰拉德之死本质探. 外国文学研究，2014（2）：117-124.

③ 庄陶. 在性爱神话后面：劳伦斯的阶级认同危机. 当代外国文学，2001（1）：145-152.

④ Reid, S. From rope-dancer to wrestler: The figure of the artist as performer in *Women in Love*. *D. H. Lawrence Review*, 2015, 40(1)：107-127.

中表达了他对这一现象的批判。①

劳伦斯十分强调身体的生命意识，他认为身体之所以是活生生的，就是因为它是肉体与精神（即理智）的统一体。"在生活中总有是与非、善与恶的……是与非是一种直觉：是一个人全部意识的直觉——肉体的、理智的和精神的三位一体。"②劳伦斯在小说《恋爱中的女人》中说"身体的平静"才是最重要的，这也意味着身体和心灵问题必然是这部小说的关键问题。因此，通过阐释身体与精神之间的分离、异化及交融、统一关系，考察《恋爱中的女人》中的身体实体、他者态度、社会制度压迫之间的碰撞，探究劳伦斯如何通过身体与精神的关系来表征生命意义，我们可以与劳伦斯回归身体与身体审美，激发身体创造力的生命思考产生共鸣，体会劳伦斯哲学思想中的身心合一。

第一节　身体与精神在凝视中的分离

在《恋爱中的女人》中，劳伦斯相信身体在小说中扮演着重要的角色，而在身体的感觉中，他更关注的是凝视的缺陷如何给人们带来身心分离的不良结果，从而展示工业社会中身体的压抑状态，引出两性关系应该如何协调和平衡的问题。在小说中，劳伦斯将身体视觉的掌控权聚焦在女性——戈珍的身上，使男性成为被凝视的焦点对象，颠覆女性在男权社会的意识形态中一直处于被动、失去主体性的客体形象。凝视不仅对戈珍本人产生了重要的影响，也推动着小说情节的发展，推动着戈珍和情人杰拉德的命运进程。身体与精神的分离就发生在戈珍的凝视和杰拉德的被凝视之中。

---

① Wendel, D. There will be a new embodiment, in a new way: Alternative posthumanism in *Women in Love. Journal of Modern Literature*, 2013, 36(3): 120-137.

② 劳伦斯. 劳伦斯文艺随笔. 黑马，译. 桂林：漓江出版社，2004：242.

一、凝视者的身体与精神在凝视中分离

在《恋爱中的女人》中，凝视者戈珍在主动的、非常态的凝视中形成自我身心分离及自我身体与他者分离。凝视者的身体与精神是如何在凝视中分离的，身心分离现象体现了劳伦斯怎样的身体观？我们通过探讨身体与精神分离的诱因——凝视，阐明它的欲望源泉、表现形式，揭示劳伦斯对身心分离的否定态度。

首先，戈珍的身体与精神在视觉欲望的膨胀中分离。视觉欲望随着艺术创作的发展及文化历史的沉淀逐渐得以膨胀。自 16 世纪初威尼斯城第一面玻璃镜的诞生开始，到 17 世纪肖像画形成其特有的风格并普及，以及 19 世纪照相技术的发明与提升，眼睛越发得到人们的青睐，其视觉功能在日常生活和艺术生活中都越发显得重要。因此，"看的视觉就自然被提高到以前曾是触觉享有的特别卓越的地位"[1]，历史是一个对世界进行艺术模仿的进程，个体通过模仿和学习来推动历史发展，因而主体对于看的依赖性也在加深，看的文化在现代历史中也体现得更为明显。凝视使得身体与自我意识分裂，使身体成为自我之外的一个视觉客体。小说中，戈珍是一个雕刻艺术师，她在视觉美学的熏陶下，以其独特的观看能力，不断展开凝视，进入身心分离及身体与他者分离的状态。通过观看，戈珍的身体、精神与他者分裂为不同的三维空间维度，体现了视觉美学中的组织空间问题。随着工业技术的进步，身体不断被提及，身体在文化中的重要性也得以体现，"当代文化正在变成一种视觉文化，而不是一种印刷文化"[2]。视觉美学的这一理念在柏格森和乔伊斯的作品中多有体现，也体现在劳伦斯《恋爱中的女人》这部小说中。小说中，身体作为视觉主体和视觉对象，成为人与自我内部、人与他者之间区分和认同的依据，而戈珍通过视觉文化认同的方式，调整自身内部以及自身与他人、自身与社会之间的关系，进入身心分离及自我身体与他者分离的状态。

劳伦斯认为，人不能简单地用眼睛去看，而应该用直觉去感知流动的

---

[1] 德波. 景观社会. 王昭凤，译. 南京：南京大学出版社，2006：6.

[2] 贝尔. 资本主义文化矛盾. 赵一凡，蒲隆，任晓晋，译. 北京：生活·读书·新知三联书店，1989：156.

生命，"没有什么是真、是善、是正确的，它们只是与周围的世界及同流者活生生相连时才真、才善、才正确"①。作为非常优秀的绘画家，劳伦斯致力于描绘人类身体的本真，以揭示世界的真善美。虽然他描绘的裸露画面为世俗社会所不齿，但他坚持自己的审美理念，坚持以身体直觉感知世界的身体观。劳伦斯在《艺术与道德》（"Art and Morality"）中提出，"你只能在第四维空间中确认它［艺术上的设计］，这就是说用你的血肉去认知，而非你的眼睛"②。

其次，戈珍的身体与精神在凝视的过度运用中分离。这里的凝视是一种争取主动权的观看，在整个观看的过程中，凝视者设立了自我身体和他者世界的二元对立，忽视精神需求，形成身心分离。小说开始不久，戈珍见证了一场婚礼，她在整个观看的过程中，将自我身体和他者世界对立起来。

> 戈珍不偏不倚、好奇地仔细观察着这些人。她把每个人都整体地观察一通，把他们看作书中的一个个人物、一幅画中的主体或剧院中的活动木偶，总之，把他们看成是一件完成的作品。她喜欢辨别他们不同的性格，还原他们的本来面目，给他们设置自我环境，在他们从她眼前走过的当儿就给他们下了个永久的定论。③

戈珍的观看是一种站在上帝视角审视万物的凝视，她把凝视对象当作她要审视的作品，并且拥有分析和评判这个作品的控制权。然而，戈珍可以观看整个他者世界，却不能忍受他者观看、议论她的穿着打扮：

> "这双长筒袜子咋样？"戈珍后面有人说。一听这话，戈珍浑身就燃起一股怒火，一股凶猛、可怕的火。她真恨不得把这些人

---

① 劳伦斯. 劳伦斯文艺随笔. 黑马，译. 桂林：漓江出版社，2004：210.
② 劳伦斯. 劳伦斯文艺随笔. 黑马，译. 桂林：漓江出版社，2004：210.
③ 劳伦斯. 恋爱中的女人. 黑马，译. 南京：译林出版社，2016：9. 以下小说译文如来自该中译本，则只标页码，不再赘述具体文献信息，未注明中译文页码处则为笔者自译.

全干掉，从这个世界上清除干净。她真讨厌在这些人的注视下穿过教堂的院子，沿着地毯往前走。（8）

戈珍的凝视者身份让她对社会环境充满好奇，对杰拉德充满迷恋，对路人充满嘲讽和敌意。戈珍的凝视者身份要求外部世界在她的注视下，成为被观看的对象，她自身则绝不能被观看。

这种过度的凝视行为只为纯粹的观看，忽视了精神上的真实诉求，造成身体与精神的分离。表面上，凝视者戈珍掌控了主动权，然而纯粹的观看带来了身心分离，最终造成她和杰拉德的情感悲剧。她在凝视中对杰拉德产生了好感，建立起她与杰拉德这个他者之间看与被看的关系来。戈珍姐妹俩在河边欣赏两岸风景时，被一个白色的跳水身影所吸引，厄秀拉随意地说了一句"是杰拉德·克里奇"，而戈珍被杰拉德的身体所吸引，无暇顾及其他，只敷衍了一句"我知道"。[①] 戈珍的"知道"建立在眼睛看的基础之上，是一种对他者和外部世界的评判。"自我"通过凝视"他者"而确认"自我"的存在，这个"自我"成为一个相较于别人的世界、相对别人而言的自我。戈珍所知道的，无非是他者的表象，并以此来确认自我，而她真正关注的还是凝视之中的优越感。由于凝视往往建立在"全景式"的看与被看的基础上，牵涉某种权力关系，被看者有意识地处于持续的被凝视状态，观看者则可以肆意观看他者，行使监督的权力。全景敞视建筑是指"在环形边缘，人彻底被观看，但不能观看；在中心瞭望塔，人能观看一切，但不会被观看"[②]。全景敞视建筑的出现，使凝视者的主体地位始终优越于被凝视的客体对象，因而，戈珍以女性身份主动观看的行为，使得许多学者都认为劳伦斯是从女权主义的角度来书写《恋爱中的女人》的。但笔者认为劳伦斯描绘戈珍的凝视，意在以女性观看者的身份铺陈一条小说故事线，并为她的身心分离做铺垫，由此体现出女性具有更好的洞察力和领悟力，带有颠覆传统男权的意味。

---

① Lawrence, D. H. *Women in Love*. New York: Penguin Books, 1986: 97.

② 福柯. 规训与惩罚: 监狱的诞生. 刘北成，杨元婴，译. 北京: 生活·读书·新知三联书店，1999: 226.

再次，戈珍的身体与精神在她对凝视功能的过度依赖中分离。现代的身体概念建立在身心分离的基础上，身体自古便成为一种视觉对象，是离开心灵而独立存在的。因此，人对凝视的过度依赖，使得主体忽视自己内心的任何需求，失去了对自己身体的把握，导致身心分离。拉康的镜像理论在身体的视觉认同中有着重要作用，主体在镜像中反观自身，将自己的身体与他者的身体进行比较，获得认同。虽然按照拉康的说法，自我意识的确立发生于婴幼儿时期的镜像阶段，但成年后自我意识的确立依然依赖于周围众人的目光、面相和形体行为构成的镜像投射。戈珍一直有照镜子的习惯，"每天晚上她都站在镜子前几分钟，梳理那头黑色的秀发。这已经成为她生活中必不可少的一种仪式"（457）。她习惯凝视他人，"她偷偷地观察镜子里的他，试图避免让他看出她能看到他"（458），而一旦暂时看不到杰拉德时，戈珍"几乎要昏倒在地，浑身没有一点力气"（458）。她为了重新找回心理上的支撑，甚至喊他去翻看她的贴身小包，使他出现在自己的视野里，因为她必须依靠凝视来控制他人，获得自我身份。戈珍对凝视功能的过度依赖使得她为掌控视觉而忽视精神需求，从而失去理性的判断。比如就杰拉德在杀死弟弟的事件中是否存在主观故意，戈珍和厄秀拉产生了分歧，戈珍选择相信杰拉德是无罪的。

> "杀人欲！"戈珍口气冷漠生硬地说，"我认为这连杀人游戏都不算。我猜可能是这么回事，一个孩子说：'你看着枪口，我扣一下扳机，看看有什么情况。'我觉得这纯粹是偶然事故。"
> ……
> "那当然，"她冷冷地说，"如果是个女人，是个成年女人，她的本能会阻止她这样做。可两个一起玩的男孩子弄不好就会这样。"（48）

戈珍此时还沉浸在对杰拉德美的身体的视觉掌控之中，缺乏理性判断，因为这种凝视满足了她的视觉掌控带来的快感，这快感超越了精神和理性方面的需求。

综上所述，身体与精神的分离、自我身体与他者身体的分离、身体与外部世界的分离源于凝视欲望的不可抗拒性、凝视的过度运用和人对凝视功能的过度依赖性。戈珍的凝视源于内心深处一种不可抗拒的视觉欲望，带有征服世界、掌控他者的意味。戈珍的凝视虽不完全等同于拉康式的镜像观看，但它同样主导着个体的意识形态和命运走向。

二、被凝视者的身体与精神在凝视中分离

被凝视者在凝视中被客体化为被动的他者，在凝视者迷恋或嘲讽的注视下，获得自我意识、自我认同，产生自我异化，形成身心分离。小说中，杰拉德那北方人的强壮身体充满了某种神秘的吸引力，被戈珍一直盯着，于是他便成为被凝视者。他一方面在凝视者戈珍眼中看到美好的自我，获得自我反思，产生自我认同；另一方面在凝视者戈珍眼中看到多变的自我，陷入迷茫，出现精神异常。

首先，被凝视者杰拉德获得了自我意识和自我认同，身体与精神分离。萨特认为，来自他者的凝视，往往能使人在潜意识中产生自我反思。例如众人的目光聚焦在你身上，或者你在意的人深情地看着你时，你在不知不觉中会变成他们眼中的你。因为人总是根据他者的凝视来调节自己对世界、世界对自己的看法，刻画和塑造自己的形象。这一观点在杰拉德身上恰好得以体现。杰拉德在跳水时，他那几乎全裸的身体，被戈珍细细地端详着：

> 她伫立着，凝视着他的脸在水上起伏，盯着他稳健地游着。他边游边看她们，他为自己深深地感到自豪，他处在优越的位置上，自己拥有一个世界。……他可以看到湖边上的姑娘们在看他，这真让他高兴。于是他在水中举起手臂向她们打招呼。（45）

杰拉德被这种凝视激发出表演的欲望，他在水世界里自在灵动地游着，全身透露出幸福的光芒，似乎拥有全世界。杰拉德注定被看，不管他愿意与否、意识到与否，他已经陷入拉康提出的处于意识之外的"惯于被看"。因此，杰拉德的身体在被看时与理性思维分离，成为被欣赏的纯粹物

质实体。

当身体展露在凝视者面前时，被凝视者的意识随着凝视者而波动，其自我认同感的获得来自他人凝视自己时的肯定目光。杰拉德在严峻、冷漠、固执地驯马时，知道戈珍姐妹俩就在边上看着。当凝视投射到杰拉德身上时，他意识到自己被置于他者的观看之下，但他并没有感到焦虑和不安，而是自恋地散发出明星般的光彩和魅力，仿佛在进行一场精彩的表演，成为受人瞩目的观看对象。

> ……母马吓得浑身抖了起来，像弹簧一样向后退着。杰拉德脸上掠过一丝微笑，眼睛闪闪发亮。他终于又把马赶了回来。（117）
>
> 杰拉德神色严峻起来。他用力夹着马腹，就像一把尖刀刺中了马的要害，马又顺从地转了回来。（118）
>
> 戈珍看到母马的腹部流着一股血水，吓得脸都白了。（119）

杰拉德接连多次制服母马的细节展现出他的意志和信念从自我身体内分离的过程。杰拉德使用暴力让母马听从自己的控制，完成他自认为完美的表演，等到驯母马之事尘埃落定时，他"很自信地松了一口气，他的意志毫不动摇"（119）。母马恐惧和不安的神情，与杰拉德沉稳、淡定和自信的笑容形成了强烈的对比和反差。这反差刺痛了厄秀拉，却得到了凝视者戈珍的认同。凝视表明自我是与他者相对的一种存在，自我在他者的凝视中发现了自己，我即是他人，是为他人而存在的。萨特说："这意味着我在我的存在中突然被触及了，一些本质的变化在我的结构中显现——我能通过反思的我思以概念的方式理解和确定这些变化。"[1] 这种本质变化就是，由于凝视的发生，杰拉德发现了自己的存在并产生自我认同，而身体与精神就此分离。

其次，被凝视者杰拉德看到从凝视者戈珍眼中投射回来的不确定自我，

---

[1] Sartre, J. P. *Being and Nothingness*. Barnes, H. E. (trans.). New York: Kensington Publishing Corp., 1993: 259.

产生自我异化，身体与精神分离。诚如拉康所说的，自个体跟跄地走向镜子向里凝视镜像开始，自我异化就得以发生。理想自我的构成通过镜像认同完成，自我的异化通过观看的反转机制得以确定。在小说中，杰拉德从戈珍"手臂上那长长的红疤中认识了她……那长长的浅红抓痕似乎从他自己的头脑中划过，撕破了他意识的表面，让永恒的无意识、难以想象的彼岸的红色气息侵入"（264-265）。从那一刻起，杰拉德和戈珍心照不宣地成为知己，他们既有身体的共同遭遇，又有精神的共鸣，身体与精神的界限清晰可见。在二人的情感发展过程中，杰拉德的身体一直是戈珍凝视的对象，正如弗洛伊德在《性学三论》中所说的，"躯体逐渐被衣物遮蔽起来，这使性好奇一直得以维持"[①]。而杰拉德在被凝视时，时常受到戈珍的主观评价或批判，他常常因此而自我判断受到影响。例如，戈珍因为她与杰拉德之间有共通性而感到不快，杰拉德知道后，"脸上的笑容凝聚了起来"（265）；随后，当他注意到戈珍的表情缓和下来，漠然地看着他时，"他似乎感到她又一次打了他一记耳光——甚至觉得她撕裂了他的胸膛，不知不觉中撕得很彻底"（266）。杰拉德因为戈珍这个他者镜像而产生身心自我异化，他时常看不清自身的真实感受。戈珍变化无常，她在虚幻世界与现实世界之间游走，飘忽不定，时而沉迷于杰拉德的暴力控制，时而又不忍直视杰拉德的残忍和暴戾行为。于是，杰拉德的身体在戈珍的凝视下，变得单一和模式化，失去了生机，因而他的精神也逐渐变得异常，最终丧失了意志，选择自杀身亡。

简而言之，身体在视觉欲望的束缚中失去自我，与深层生活越来越疏远。从现实意义上说，戈珍在过度的凝视中产生身心分离，而杰拉德在被凝视下身心分离直至毁灭，这两者的呈现表达出劳伦斯对这个世界感到的焦虑，同时又批判这种焦虑的产生。从哲学意义上说，身体与精神的分离呈现出自我—身体—他者的三元论，打破了西方传统的二元对立思维。可以说，劳伦斯的这种哲学思想打破了身心二分、物我对立的分裂局面，接近于中国道家的"一生二，二生三，三生万物"的思维。身体与精神在视觉

---

① Freud, S. *On Sexuality*. Strachey, J. (trans.). New York: Penguin Books, 1991: 69.

的凝视中分离，这种分离在劳伦斯看来是人类生命意义丧失的开始，是他一生努力想要治愈的病症。

第二节　身体与精神在资本关系中的异化

在《恋爱中的女人》中，身体与精神在资本关系的商品化进程中逐渐异化，其主要内涵体现在以下两个方面：一是以矿工为代表的劳动阶级，在资本社会的分工中，身体被异化为商品化的机器身体，精神被贬低；二是处于弱势地位的女性群体，在资本快速增长的社会发展中，身体被异化为商品化的身体，精神被贬低。小说中，身体与精神的异化现象体现了人在资本社会的生存困境，表明劳伦斯对于贬低身体和精神的社会价值体系的批判态度。

一、矿工的身体与精神在资本关系中异化

劳伦斯极其关注身体的生存困境，认为身体在工业社会中被异化为机器和商品，这与马克思的身体观是一致的。在小说中，劳伦斯的身心异化观主要表现在矿主杰拉德与他的矿工之间的关系上。劳伦斯认为矿工是生产力、生命力的真实代表，同时又受到以资本家为代表的工业社会的剥削和压迫，是一个生活艰辛和身心异化的群体。

首先，矿工的身体与精神异化体现为资本主义工业社会对矿工的奴役和剥削，使得矿工变成灵魂低下的身体机器。杰拉德作为工业资本家的代表，将矿井工人的身体视为没有灵魂的劳动机器，矿工的身体是他苦心经营的工业机器链条上的一道程序，是他拓展采煤业的必要工具：

> 什么人道主义，什么痛苦和感受，谈得太多了，很可笑。个人的痛苦和感情根本不算什么，那不过是天气一样的境遇。重要的是人的纯粹工具性。人就跟一把刀子一样，重要的是快不快，别的都无所谓。（243）

杰拉德毫无顾忌地利用工人创造价值并将所得收入囊中，这是受到当时英国社会支持的。尽管英国议会采取了一系列法案，制定了更严格的安全规定以保护矿工的生命安全，但采矿依然是英国最不人性化、最危险的工作。人们所能想象的恶劣条件都能在矿井里发现，比如高温、噪声、粉尘、阴暗、恶臭，以及令人无法忍受的狭窄且毫无私密性的空间等。工作条件如此恶劣，却仍不能阻挡矿工们争相出卖身体换取工资，因为在异化劳动的情形下，工人只有出卖自己的身体和尊严，才能换得一家的口粮，否则，"如果他有四个孩子，其中两个必定要饿死"①。这种以身体换取资本的行为，符合资本社会的普遍观点：身体只是无思想的物质。轻视身体、不尊重身体的行为在资本社会有其他合法存在的思想支撑，因而，矿工身体的异化是矿工的不幸，更是社会的不幸。

其次，矿工的身心异化体现为他们是一群身体被商品化，审美追求被压抑的生命体。劳伦斯笔下的矿工是真正生命意义的代表：既有生产的能力，还有审美的能力。但矿工被资本化为劳动力商品，是被工业社会压榨最严重的群体。一方面，劳动的身体本身就是一种美，矿工拥有美的身体，并以此生产和创造世界，他们忙于生计却仍要受到生的威胁。在小说中，劳伦斯透过厄秀拉姐妹的视角，描绘矿工美的身体：

> 已经洗好的矿工们背靠墙蹲着聊天，他们身体都很健壮，劳累了一天，正好歇口气。他们说话声音很粗，浓重的方言着实令人感到说不出的舒服。戈珍似乎受到了劳动者的抚爱，空气中弥漫着浓郁的男人气息。但这些在这一带是司空见惯的，因此没人去注意它。（122）

戈珍每每路过时，都被这些强壮的、生活在地下的、身不由己的矿工激起某种毁灭性的欲望和冷漠，又被他们身上散发的自尊、文雅的迷人之处所吸引，"他们属于另一个世界，有着奇特的迷人之处，声音浑厚洪亮，

---

① 马克思.1844年经济学哲学手稿.中共中央马克思恩格斯列宁斯大林著作编译局，编译.北京：人民出版社，2000：11.

像机器轰鸣，像音乐，但比远古时塞壬的声音更迷人"（123）。在随笔《返乡札记》中，劳伦斯表达了同样的观点，他认为矿工们"是唯一令我产生强烈情感的人，我觉得自己的名誉与他们的命运深深地牵绊在一起"①。劳伦斯从父亲及其矿工伙伴们的身上看到那种本能、直觉的生活，并被这种生活深深地吸引。矿井下的危险，使男人之间那种肢体、本能、直觉的接触高度强化，井底下相互碰触的亲密感相当真实且强烈。在矿坑里，这种身体认知与亲密的患难与共之感最为强烈。但这种纯粹的美却不被社会欣赏、包容。马克思说："劳动创造了宫殿，但是给工人创造了贫民窟。劳动创造了美，但是使工人变成畸形。"②矿工们是美的身体的代表，他们用身体最直接地接触世界、改造世界，但他们时常在危险之境寻求生计，却得不到应有的回报。

另一方面，矿工们不仅身体受到威胁，他们对美的追求也受到压抑。矿工身处社会底层，生活条件恶劣，生存受到威胁，没有得到身体的安全保障和灵魂的尊重，但这些不应该成为他们追求美、享受生命的阻碍。"矿工在地下工作，已经对形式美视而不见。他们渴望的是'一点绿色'，因而他们热爱花卉，极富热情地种植花卉。"③矿工们平日里没有休闲娱乐项目，只能在小酒馆聚会，或者带着女人们逛街购物，消磨时光。文化的缺失使他们的精神世界变得荒芜，但不乏一些矿工想通过在家里摆放钢琴来装饰，显得有文化的做法。虽然这是无奈的表面行为，然而却不能掩饰他们精神上对美的一种向往。因而，劳伦斯说，厄秀拉姐妹俩路过矿区街道时，能从乌七八糟、肮脏不堪的环境中看到一种温暖和丑恶的美。这种美，迷人又很神秘，是生产劳动之美，而这些生产劳动恰恰就蕴含在矿工的身体里，这才是劳动身体的本质力量之美。

总而言之，劳伦斯批判工业社会的机械化给矿工带来的伤害，也为他

① Zhu, T. B. (ed.). *D. H. Lawrence: Selected Literary Critiques*. Shanghai: Shanghai Foreign Language Education Press, 2003: 38-39.

② 马克思 . 1844 年经济学哲学手稿 . 中共中央马克思恩格斯列宁斯大林著作编译局，编译 . 北京：人民出版社，2000：54.

③ Carswell, C. *The Savage Pilgrimage: A Narrative of D. H. Lawrence*. New York: Harcourt, 1932: 104.

们感到不公和惋惜。矿工身心异化，是现实逼迫使然，然而从他们身上，我们依然可看到矿工身体的美和他们对审美的追求。

二、女性的身体与精神在资本关系中异化

在资本逻辑中，除了矿工的身体被异化为商品，还有一类人的身体也被异化为商品，那就是女性。"在资本的催生下，普遍性的身体生产，将女性身体变成了一种类似于资本全球扩张的东西，即女性身体本身成了资本直接作用的对象。"[①]也就是说，由于资本的渗透，女性身体被纳入了整个象征交换之中。

首先，女性身心异化的前提是身体变成了可以用金钱衡量的商品。尤其是在身体被商品化了的矿工眼中，女性身体在资本社会中同样也是商品，这一点更体现出身体商品化思想已经深入人心。例如两个矿工在街上见到厄秀拉和戈珍路过时，他们就在议论着可以用多少钱来换取这两个女性身体的一次肉体交易：

> "那个穿红袜子的。你说呢？我宁可花一个星期的工资跟她过五分钟，天啊，就五分钟。"
> ……年轻人不偏不倚地看着戈珍和厄秀拉，似乎在算计着什么才值他一个星期的工资。终于，他担忧地摇摇头说：
> "不值，她可不值我那么多钱。"（121-122）

对矿工而言，他们的肉体是随时可以出卖的劳动力，女性身体更是可以纳入交换体系之中，成为待出售的商品。矿工明目张胆地对着陌生女性随意谈论，也从侧面反映出对女性身体和精神的贬低是资本社会的常态。矿工与杰拉德的不同之处在于，杰拉德作为资本的拥有者，算计金钱和身体，使之创造更大的剩余价值，而矿工作为资本的被剥削者则算计金钱，使之"用在刀刃上"。

---

① 董金平.马克思主义的女性主义的前沿问题及其内在逻辑.南京大学学报（哲学·人文科学·社会科学），2013（5）: 13.

其次，女性身心异化具体体现为身体被商品化后，女性失去了精神的光芒和生命的活力。劳伦斯在《道德与小说》（"Morality and the Novel"）中指出，"所谓生命指的是某种闪烁着的具有第四空间性质的东西，即使是妓女，只要她们与一个男人之间建立起了活生生的关系，哪怕只是一瞬间，这也是生命。而如果只是金钱和行为的关系就只能称之为肮脏、出卖生命的行为"①。因此，女性身体一旦成为资本链条中的一环，被资本贪婪地卷进深渊，被献祭给资本的物神，似乎就很难成为一个活生生的生命体。小说中的明奈特不是妓女，她希望同海里戴结婚，但是她出卖其女性身体，从杰拉德处适时获取某些利益。

> 她想海里戴，要彻底控制他，然后会同他结婚，她早就想跟他结婚了，她打定主意要跟海里戴结婚。
> ……她想办法得到了他 [杰拉德] 的地址，这样她在失意时就可求助于他。她知道他想送钱给她，或许在哪个淫雨天她会写信给他的。（85）

明奈特终究得不到爱情和婚姻，因为她轻易出卖肉体，她作为"我"的个体生命活力得不到海里戴、杰拉德和伯金等人的尊重。她的生命不会发光，因为她作为女性量化自我身体，丧失了精神的独立性。劳伦斯在《小说何以重要》中说："作为一个活生生的我比我的灵魂、精神、肉体、思想、意识或只是部分的我都伟大。我是一个人，一个活生生的人。"② 劳伦斯否认身体或者精神的独立性，他更希望人是整体性的个体。在资本社会的商品交换领域，女性身体被量化，被异化，其精神被贬低，最终渐渐失去生命力。

在资本主义的价值体系中，身体与精神的异化使得矿工与女性的身体

---

① Lawrence, D. H. Morality and the novel. In Steele, B. (ed.). *Study of Thomas Hardy and Other Essays*. Cambridge: Cambridge University Press, 1985: 173.

② Zhu, T. B. (ed.). *D. H. Lawrence: Selected Literary Critiques*. Shanghai: Shanghai Foreign Language Education Press, 2003: 89-90.

商品化显得合理合法了。劳伦斯通过阐释矿工和女性这两个弱势群体在资本社会的生存困境，揭示身心异化的本质，也表明他的批判态度。劳伦斯表示出对这两个群体的同情，并希望通过解决社会问题，来改变人们对身体的态度，使人们回归身体，回归身体审美。

第三节　身体与精神在死与生中的统一

在《恋爱中的女人》中，身体与精神被分离，产生异化，那么身体与精神如何在死亡与生命中获得统一？个体如何积极参与生命活动，尊重生命，实现身体与精神的统一？通过回答这些问题，我们可以探寻到劳伦斯身体观中身体与精神统一的生命体现。劳伦斯认为精神是身体必不可少的一部分，承认精神与身体的统一性，才能懂得尊重生命的意义。他在小说中以"死"为轴线，将杰拉德一家人的命运联系起来，在多种死亡中，呈现身体与精神的统一。劳伦斯在小说中以生命为核心，将伯金和厄秀拉等人用心感受自然，感悟生命，尊重生命的行为揭示得淋漓尽致，以此表明以身体变革和净化社会的决心。

一、身体与精神在与死亡的抗争中统一

劳伦斯认为"死亡"主题体现了身体是精神的依托，身体与精神具有统一性的生命观。早在古希腊时期，苏格拉底面对死亡无所畏惧、淡定从容的态度[1]，就已经向世人表明了精神（灵魂与理智）高于身体。精神可以离开身体而存在，而身体则束缚精神，成为阻拦人类通往真理之路的障碍。在小说中最具代表性的与死亡抗争的例子就是杰拉德的父亲——老克里奇的死亡之旅，老克里奇将死之挣扎与苏格拉底临死之决绝形成了强烈对比。老克里奇与死亡之间的博弈，体现出他对生的渴望、对身心合一的强烈欲望，揭示出身体与精神统一的内蕴。

首先，老克里奇抗拒死亡，以缓慢死亡的方式向生命抗争以换取精神

---

① 汪民安.身体、空间与后现代性.南京：江苏人民出版社，2015：4.

的短暂停留，表明了身体与精神的交融。老克里奇生的意志很顽固，他不甘心让死亡战胜自己，甚至临死时目光暗淡无神了，仍否认死亡这回事。老克里奇认为，人之生命是其与世界、与真理之间缔结的联系，死亡意味着肉体的消亡和精神的毁灭，意味着与世界的隔离、与真理的断层。诚然，生命与死亡确有解不开的联系，人们对死亡的态度正表明了他们对生命的态度。人们在现代社会生活中对死亡的拒绝，从某种意义上说表征了一些人对于生命意义的忽视。人所能意识到的死亡是一种超越死亡的死亡，人们认为身体一旦死去便不能再生了，因而总不愿松懈，不甘向死亡屈服。出于对生命的不舍，老克里奇曾几度病入膏肓却又奇迹般活了下来。他拖着病体，"缓慢地向死亡走去，慢得可怕"（354），"渐渐地，他的力量都耗尽了"（234），"他的怜悯和他的生命都渐渐耗尽了"（235），"缓缓离开生活……渐渐要离去了"（241），"缓慢地向死亡走去，慢得可怕"（354）等描述频繁地在小说中出现。"在人们看来，生命之线抽得如此之纤细却仍然不断，这真是不可思议"（354），他做到了。老克里奇在小说中刚出场时，"饱经风霜、面带病色……步履僵硬地踏上台阶，似乎头脑里一片空虚"（14）。他在小说进行到三分之一时已病得不轻，并将矿场公司交给杰拉德管理，"明显把什么事都交给他办，对这位年轻的敌手表现出深深的依赖"（239）。老克里奇的身体在逐渐衰退，在生命最后的日子里，他只能靠吗啡和酒精维持最后的躯体。人们对生命意义的普遍看法是生命意味着肉体上的健康、长寿，精神上的幸福、喜乐，而死亡则意味着不幸。老克里奇以其病痛之躯拖延生命，表面上看是在追逐幸福，逃避不幸，实质上是在利用身体的存在延缓精神的离去，体现了身体与精神的统一性。

其次，身体是生命意志的载体，在身体濒临死亡的过程中，生命意志随之波动，并最终随着身体的死亡而消逝，身体与精神在死亡中实现了交融。叔本华把意志看成人的本质，把身体理解为客体化了的意志。身体作为意志的外在表现，要形成对人的本质和世界本质的看法，既要承认人是存在于世的独立个体，又要把人看作一个"意志主体"，只要"他的意志没有破碎，他 [就] 是完整的人"（354）。因而老克里奇的一丝生命意识始终联系着死亡的黑暗与生活的光明，他的身体机能在逐渐衰退，他的生命意志却并未随之减弱。对于老克里奇来说，只要身体在，意志就在，人的身体需要睡眠等休养，意志却像一个为机体活力而奋斗着的永动机，永远精力充沛。因而每当身体虚弱时，死的烦恼就向老克里奇袭来，他的意志要在身体的反复变化中不断地经历战胜死亡的恐惧、生命意志的胜利以及意志彻底消亡这一系列的生命历程。杰拉德对此表示赞同，"父亲的意志永远不会松懈，不会向死亡屈服。当生命之线折断以后，这意志才会折断，如果在肉体死亡后它不再坚持下去的话"（354）。人处在物质性的世界中，本是一个饱含精神的身体性存在，然而，身体的死亡将精神从身体中剥离出来，这一分离现象同样体现出二者的统一关系。

身体存在是一种本质现象，种种迹象表明精神依附于身体之上，二者的分离表象恰恰说明二者的本质是统一的。劳伦斯通过在死亡线上苦苦挣扎的老克里奇传递了身体与精神统一的关系，即身体是精神的依托，身体在，则精神在，身体亡，则精神亡。

二、身体与精神在多种死亡经历中的统一

身体是活动着的物质实体，精神是具有生命力的思维实体，精神随着身体的消亡而消逝[1]，因而死亡不可怕，可怕的是机械地活着，与生活隔绝。在小说中，杰拉德是一个和死亡有过多次近距离接触的人，他在各种死亡的经历中体验了身体与精神的统一性。

首先，杰拉德意外杀死弟弟的事件是其身体行为与精神意识冲突的结果，表明了身体与精神的统一。杰拉德误杀弟弟，其实质源于被压抑的无意识试图去征服和控制身体行为，体现了身体与精神之间的内在交融。劳伦斯在小说中用《圣经》中的"该隐诛弟"的典故对比杰拉德杀弟：该隐杀弟是有预谋的杀弟事件；而杰拉德杀弟是因为他意外扣动年久不用的旧式手枪而杀死弟弟，更像一场意外。但厄秀拉认为，任何作为表象的意外都有隐藏在无意识中的主观故意，身体的行为从来都是受到精神深处呐喊的声音控制才产生的，"或许真是有意的，它藏在潜意识中"（48），厄秀拉坚信，

---

[1] Descartes, R. *Meditations on First Philosophy*. Cottingham, J. (trans.). Cambridge: Cambridge University Press, 1993: 56.

"我是不会扣动扳机的，更别说在别人低头看着枪口时扣动扳机了。人的本能让人不这样做，不会的"（48）。而伯金也认为，一个人可能意外地活着，也可能意外地死去，但他不相信有纯粹的意外这回事。弗洛伊德就一直坚信人类的心理世界可以用生理现象来解释。根据弗洛伊德无意识理论，主体首先是身体的主体，然而主体中存在着无意识，这些无意识内容被不同程度地压抑着，有些内容渗透进意识之中成为被感知的心理活动，通过身体行为表现出来。因而，从这个事件我们可以看出，身体和精神是主体相互交融的两个方面，它们的相互作用才是人类在生命存在中的一个重要表征。

其次，杰拉德看待死亡的坦然态度，表明了身体与精神的统一。杰拉德妹妹之死让他明白，死不可怕，人死后，周边的世界仍在正常运转。杰拉德虽然自责救不了落水的妹妹狄安娜，但当伯金让他先去休息，避免留下残酷的回忆时，杰拉德拒绝了：

> "我并不怕死人，"他说，"既然死了就死了。"
>
> ……"她最好是死了，那才更真实些。在死亡中她是个实在人，而在生活中她是个折磨人、没用的东西。"（201-202）

狄安娜的死，除了给矿区的人们留下一些谈资，也不再有任何影响。对杰拉德来说，生固然有其价值，人要争取生的机会，但死亡也可以被坦然接受，因为身体与精神同生共死。他认为妹妹的死是个打击，"何以见得！我巴不得迪安娜·克里奇死。她活着是一个错误"（202）。他认为，父亲对死亡的逃避，在死亡门前焦躁地徘徊反令自己和他人更痛苦。父亲之死让他明白，生死有定律，不可强求。因而，当他在戈珍的影响下备受折磨，身体出现恍惚、恶心等问题时，他选择毁灭自己的身体，并以此得到精神的解脱，"摔下去的那一刻，他感到灵魂中有什么东西破碎了，随后便酣然睡去"（524）。

杰拉德一贯坚信死亡是完美的事，是对完美的体验，是生的发展。他看淡死亡，并用自己的死表明对死亡的坦荡态度。杰拉德在死亡中通达另一个自我。

三、身体与精神在生命中的统一

身体与精神在生命中的统一在小说中体现在伯金、厄秀拉等人物形象中。这些人物代表了反社会传统束缚的生命个体，他们将目光锁定在人与自然的接触中，尊崇自然，摒弃社会世俗对人的影响，尊崇身体本能与原始自然生命，尊重他者生命，并从中得到身体的释放和心灵的升华，实现身心统一。

首先，身体与精神在自然生命中的统一体现为伯金与自然密切接触，用身体去探索世界，感悟世界，并在身体与自然的接触中，得到心灵的升华。小说中，伯金赤身躺在树林中，聆听大自然，抛却世俗的烦恼，获得内心的澄明，因为尘世的理智让他厌恶，"树叶、樱花草和树干，这些才真真儿的可爱、凉爽，令他渴望，它们沁入了他的血液中，成了他新的一部分，他感到自己获得了很多很多，他为此高兴极了"（115）。伯金认为裸体艺术是终极的艺术，是最高的艺术，"纯感觉的文化，肉体意识的文化，真正最高的肉体意识，毫无精神作用"（83）。伯金的行为正是米歇尔·亨利（Michel Henry）认为的要从身体的感受出发来体会身体自我同一的"肉身化"①现象。伯金的感悟来自临摹中国绘画后的切身感悟，他体会到中国哲学中立足自然、回归自然的道理，"我知道中国人从什么核心摄取生存的源泉了——他们的所悟与所感来自何处，来自那冰冷的泥水波动中灼烫的鹅——鹅那奇妙灼烫的血像烈焰一样注入他们自己的血液中，那是冷寂的泥潭之火，是玉荷的神秘"（94）。自然的原始冲动给身体带来新鲜的血液、思想的感悟，实现精神的升华。

其次，身体与精神在社会生存中的统一表现为厄秀拉积极参与生命活动，尊重生命，创造纯净灵魂，打破工业社会对身体的束缚。资本主义工业社会中的人由于被劳动束缚，被资本逻辑掌控，生活模式单一、乏味，正如厄秀拉那"可耻、空洞无物的教学周，例行公事、呆板的活动又要开始

---

① Henry, M. *Incarnation: Une Philosophie dela Chair*. Paris: Éditions du Seuil, 2000: 1.

了"（210）。马克思说，劳动者社会必要劳动时间以外的自由时间同样是其生活内容的重要部分，这部分时间可供个人随意支配①，缩短劳动时间，增加自由时间才是劳动者的身体得到尊重，劳动者的精神生活得以丰富的充分必要条件。厄秀拉面对枯燥的日常工作，并没有放弃对美好生活的向往，她积极参与生活，试图打破机械对人身体的束缚。厄秀拉与人相处时，积极沟通、交流，并与伯金在争吵中促进了解；而妹妹戈珍恰恰相反，她与杰拉德缺乏交流，导致误会丛生。厄秀拉与自然亲密接触，热爱生命，面对平淡的生活积极寻求解决的方法，最终走向了幸福；而戈珍任由自己的性子，在凝视中远离他者身体和世界身体，最终以孤独、寂寞收场。

再次，身体与精神在生命本能中的统一表现在厄秀拉尊重生命，获得了健康的身体与灵魂，参与构建纯净的社会。厄秀拉对生命的尊重主要体现在以下三个方面：一是尊重自然植物的生命，二是尊重动物的生命，三是尊重矿工的生命。厄秀拉认为花儿的生命和人的生命一样，既纯真又有尊严；厄秀拉强调动物生命和人的生命之间没有等级区别，而杰拉德残暴地驯马是不尊重生命的行为；厄秀拉姐妹路过矿区时，看到矿工们健美的身体饱受机械文明的剥削和压迫，厄秀拉替他们感到惋惜。厄秀拉不但具有充满生命活力的精神意识，更具有感觉功能的身体，她除了用眼睛看世界，更多地是通过与世界接触，用心去聆听，用思维感知存在，"这活生生的肉欲真实永远也不能转换成意识，只停驻在意识之外，这是黑暗、沉寂和微妙之活生生的肉体，是神秘而实在的肉体"（352-353）。厄秀拉以身体接触去感悟世界，体会本能直觉，摆脱俗世的干扰，试图以此方式构建纯净的社会环境。

综上所述，劳伦斯在小说《恋爱中的女人》中阐释了身体与精神分离、异化、统一的现象和本质，表达了对身心分离、异化的不满和批判，以及对身心交融、统一的肯定和支持，并在字里行间凸显身体的重要性。在考察身体与精神的关系时，劳伦斯主要关注以下三个方面：一是强调视觉在身

---

① 吴兰丽. 劳动、时间与自由——马克思的社会时间的理论逻辑. 哲学动态，2013（10）：20.

体与精神分离中的催化作用，通过阐明凝视的欲望源泉、表现形式及其对身体与精神分离的影响，表达劳伦斯对身心分离的批判和追寻生命意义的憧憬；二是强调资本关系在身体与精神异化中的决定性作用，通过揭示矿工和女性群体在资本关系中身心异化背后的生存困境，表明劳伦斯希望通过改变对身体的认知去解决社会问题，回归身体本身的愿望；三是强调身体的整体性和统一性，劳伦斯否认身体只是一具肉体、一套神经系统或任何别的诸如此类的东西，他认为身体的整体比部分要伟大。[①] 身体是人之存在和自我建构的基石，世界上并不存在一个外在于身体的自我，因而，身体与精神在死亡和生命的真实体验中统一起来，人才成为完整的人。

[①] 劳伦斯.劳伦斯文艺随笔.黑马，译.桂林：漓江出版社，2004：238.

第五章

《查泰莱夫人的情人》中身体与两性关系

《查泰莱夫人的情人》描绘了康妮和梅勒斯在和谐的两性关系中获取温暖、营养和休整，寻求到生命本质和生命价值，获得新生的故事。小说曾因其性行为的描绘极度暴露而尘封许久，直到 20 世纪中期性解放运动兴起后，这部小说才重新走入大众的视野。这部小说的既往研究大多从版本学、心理分析学、社会历史主义、影视化研究等视角切入，分析小说中的两性观。从不同视角出发，版本好坏的研判结论各有不同，有学者认为第一版更好，也有研究者认为定稿为佳。瑞伊·S.沃瑟曼（Rae S. Wasserman）通过对比，研究了劳伦斯三个版本中男主人公的人物演变，判定定稿中的梅勒斯形象更完整，因为梅勒斯突破了克利福德生理上的缺陷和伯金（第一版男主人公）的心理困境，达到身心和谐，是查泰莱夫人的理想伴侣。[①]20 世纪晚期的研究多从心理学、性学等视角切入，多尔蒂·杰拉德（Doherty Gerald）结合劳伦斯的著作《精神分析与无意识》（*Psychoanalysis and the Unconscious*, 1921）解读了小说《查泰莱夫人的情人》。杰拉德论证了劳伦斯在小说中应用了弗洛伊德心理学，揭示了查泰莱先生和博尔顿太太这对边缘人物暧昧关系的三个阶段。[②] 随着这部作品被翻拍成电影，更多的跨界研究也出现在学者视线中。阿曼达·K.鲁克斯（Amanda K. Rooks）通过对比，

① Wasserman, R. S. The development of *Lady Chatterley's Lover*: Parkin/Seivers/Mellors. Washington, D. C.: American University, 1981: 3-25.

② Gerald, D. The Chatterley/Bolton affair: The Freudian path of regression in *Lady Chatterley's Lover*. Language and Literature, 1998, 34(4): 372-387.

研究了电影版和小说版《查泰莱夫人的情人》，提出了劳伦斯在小说中通过颂扬肉体欲望来实现完善人类和人类重生的可能性。①

21世纪的国内外研究逐渐将《查泰莱夫人的情人》中的两性研究与身体研究结合起来。坎迪斯·邦德（Candis Bond）试图跳出将劳伦斯归为女性主义或反女性主义的束缚，纯粹以与现代主义意识对话的方式考察劳伦斯如何书写女性。他认为，劳伦斯将母性、女性怀孕与身体联系起来，将怀孕这种身体的变化当成具体化的、治愈性的体验，体现了劳伦斯试图创造新的、完整的、充实的、具有生命力的一代人的愿望。②凯洛格认为，劳伦斯在小说中呈现了身体的缺席与声音的言说之间的悖论关系，表明了这种关系是由历史造成的微妙关系。③何卫华认为，劳伦斯感受到工业文明对身体的压制，在小说中批判压抑身体的工业文明及其所代表的工具理性，并构建了一个前现代的伦理共同体，使身体自由地呼吸，彻底地解放，人也因此而获得新生。④

关于《查泰莱夫人的情人》中的主题、艺术创作和理论研究等的研究文献内容较为翔实，但身体研究方面的文献屈指可数。劳伦斯在小说中通过描绘主要人物在两性关系失调中的生命淡漠、在两性关系和谐中的生命力复苏和情感升华，展现了个体生理需求、他者性爱观念、社会传统压抑之间的矛盾困境。小说中，克利福德在两性关系失调中自私、残暴，康妮、梅勒斯在两性关系和谐中充满大爱、温和，两种迥异的生命态度，揭示了身体在和谐两性关系中激发出人类本能意识和审美意识的潜在力量，表明了身体作为媒介通往生命本真的重要作用。

① Rooks, A. K. Sexual consciousness and the "New Lady Chatterley". *Film Criticism*, 2009, 33(3): 34-49.

② Bond, C. Embodied love: D. H. Lawrence, modernity, and pregnancy. *D. H. Lawrence Review*, 2016, 41(1): 21-44.

③ Kellogg, D. Reading Foucault, reading Lawrence: Body, voice, and sexuality in *Lady Chatterley's Lover. D. H. Lawrence Review*, 1999, 28(3): 31-54.

④ 何卫华 .《查泰莱夫人的情人》: 身体与伦理共同体 . 外国文学研究，2014（3）: 68-74.

第一节 两性关系失调中的身体与个体生命观念淡漠

劳伦斯认为，两性关系是立身之本，是人类生存中最重要的关系之一，而性器官残疾造成的无性身体，给人类两性关系的处理带来了困扰，进而影响到生命的质量。小说中，身体在两性关系失调中的表象和内涵，揭示了以下三点：一是身体残疾使得个体只看中身体的工具性，体现出人性的虚伪和爱的缺失；二是两性关系失调体现了个体丧失生命活力、违背生存原则、缺失生命情感交流的生存状态；三是两性关系失调在小说中的呈现，表达了劳伦斯批判生命意识淡漠和生命情感淡漠的态度。

一、身体残疾与两性关系失调的内涵

身体残疾造成两性关系失调，进而影响人的世界观、人生观和价值观。劳伦斯在《查泰莱夫人的情人》中着重表现了克利福德在身体残疾之后，其身体功能退化，进而影响到他的性观念，及其在两性关系上的协调。

首先，身体残疾使得克利福德失去性行为能力，体现出性压抑的逻辑、虚伪自私的人性和残酷的社会现实。一方面，身体残疾是战争带来的直接创伤，并且性功能的缺失显露出了残疾身体的性压抑和自私、虚伪的本性。从战争心理学的角度来说，"长期置身于暴力与死亡的精神压力下，已足以在男人身上引发类似歇斯底里症的神经性症候群"[1]。在这样的环境下，克利福德的表现还算勇敢，但就在战争中被炸伤的那一瞬间，他的身心剧痛足以摧毁一切。弗洛伊德指出，"一种经验如果在一个很短暂的时期内，使心灵受到一种最高度的刺激，以致不能用正常的方法谋求适应，从而使心灵的有效能力的分配受到永久的扰乱，我们便称这种经验为创伤的"[2]。战争中的创伤使克利福德下半身瘫痪，失去性能力。性能力的缺失让克利福德变得不完整，变得更加自私和冷漠。另一方面，身体的残疾还源于工业社会对人的剥削压迫、身体饱受压抑的现实状态。工业社会的发展加速了社会的进步，也带来许多竞争和追逐，各国列强在不断扩张版图、捕猎资源的

---

[1] 赫尔曼.创伤与复原.施宏达，陈文琪，译.北京：机械工业出版社，2015：16.
[2] 弗洛伊德.精神分析引论.高觉敷，译.北京：商务印书馆，1984：217.

时候掀起了战争，同时也摧残了身体。小说中，弗里杰男爵为战争提供经济支援，而讽刺的是他的大儿子在战争中失去了生命，小儿子克利福德在战争中受了伤，带着"几乎支离破碎"[①]的身体回到家乡，继承查泰莱家族的产业。克利福德的悲剧命运似乎在那个时代就早已注定，"我们这个时代根本是场悲剧"（1）。

其次，身体残疾使得克利福德忽视身体需要爱这一内涵，仅把身体中的性看成繁殖的手段，从而使自己的生命丧失了意义。克利福德忽视男女之爱是互相关心、互相体贴的深情厚爱。他认为，性只是偶尔的调剂品，与长久的共同生活相比，性"是正在废退的人体器官笨拙地坚持进行的一个奇怪程序，是可有可无的"（10）。克利福德在这种性观念的驱使下，变得愈发虚伪，他没有给予妻子温柔的言语和爱抚，更没有亲密的接触。同时克利福德也认同文艺复兴以来人们惯有的身体工具性理念，即性、两性关系的存续是为了传宗接代，令子嗣绵延。正如福柯在《性史》中提到的，"如果性行为不是出于生育繁衍的需要，不纳入生殖繁衍的轨道，就别想得到认可，受到保护，更不用想谁会去附耳一听，而只能遭到放逐、否定，逐入沉寂"[②]。而克利福德与朋友汤米等人聊天时，提出如果有一天生理疾病可以用足够文明的手段消除，比如有试管婴儿的话，性行为也许也用不着了（78）。因此，克利福德默许他的妻子康妮与上流社会的男子发生一夜情，甚至怀孕生子，"我并不太在意我是不是它的亲生父亲。如果我们养大这孩子，它就是我们的了，而且它会传宗接代的"（44）。他所要的仅是克利福德家族继承人的身份，甚至可以不关心这个孩子的血统。克利福德的身体残疾是社会环境造成的，是历史发展的牺牲品，他是值得同情的个体。但是可怜之人总有可恨之处，他的两性观念和对待性行为的态度淡化了生命在身体中的体现，使得人的身体如行尸走肉，失去了生命的意义。

劳伦斯塑造克利福德的残疾身体形象有两个渊源。一方面源于他本人

---

① 劳伦斯. 查泰莱夫人的情人. 黑马, 译. 南京: 译林出版社, 2014: 1. 以下小说译文如来自该中译本, 则只标页码, 不再赘述具体文献信息, 未注明中译本页码处则为笔者自译。

② 福柯. 性史. 张廷深, 林莉, 范千红, 等译. 上海: 上海科学技术文献出版社, 1989: 4.

对完美的男性身体又爱又恨，既有天然的渴求，又有得不到的嫉妒之情。劳伦斯本人身体欠佳，疾病缠身，他曾用暴力文字表达对病态身体状态的恐惧，如他给朋友写信诉说对身体有基础疾病的人和身体有肢体残缺的人的憎恨，并表示要将他们杀掉。另一方面源于劳伦斯夫妻二人一生磕磕碰碰，感情生活不和谐，这种挫败感时常伴随着他。劳伦斯常为自己生殖力衰退而悲泣，他在创作小说《查泰莱夫人的情人》时，与妻子弗里达已经没有正常的两性关系了。

身体残疾带来两性关系失调，而两性关系失调又会进一步加剧身体的毁坏。小说中，个体在两性关系失调中面临的具体问题，主要体现在个体生命意识淡漠和生命情感淡漠。

二、两性关系失调中的身体与个体生命意识淡漠

个体的生命意识淡漠表现为自我认同的缺失，以及由此产生的消极生命态度。个体的自我认同往往受到社会文化、他人评价、自我意识和身体状况等因素的影响。个体的自我认同缺失，即个体认同层面的"残缺"，是指对于个体来说，他对自己是否还是一个完整、"正常"的某类人（比如男人、女人）的认同缺失，这种缺失往往带来消极的人生态度或偏执的处世理念。小说中，克利福德因身体残疾导致两性关系失调，从而形成男性认同的缺失，不仅丧失自我生命活力，还漠视他人的生命活力。

首先，个体的生命意识淡漠表现为克利福德性冲动丧失后的自我封闭，以及身体的生命活力减退。身体残疾导致两性关系失调，使得生命本能失去展现的途径，将个体引向消极、悲观的人生态度。尼采的"性升华原则"（sexual sublimation）[1] 提出性在体现人的生命力上有着决定性的作用。小说中，克利福德由于与妻子康妮的亲密关系断裂，失去生机和活力，他对自己不完整的身体比较敏感，"除了家中的仆人，他讨厌见任何人""残了以后他不能容忍他们［矿工们］看他的眼神""他仍然像以前一样用高级裁缝制作的昂贵衣物来装扮自己，仍旧系邦德街上买来的领结。如此一来，光

---

① Gordon, D. E. *Expressionism: Art and Idea.* New Haven: Yale University Press, 1987: 220.

看上身，他仍旧和以前一样仪表堂堂"（14）。克利福德对他所处的生活境况有着清醒和理性的认识，因此，周围的一切人和事物，包括妻子康妮，似乎"从来没有彻底触及到他，或许压根儿就没有什么可触及的，他根本拒绝人与人之间的接触"（14）。两性关系失调使得克利福德的身体处于脱离生命意义的虚无存在之中，"身心深处的某种东西已经被彻底摧毁了。一些感觉已经灰飞烟灭，只剩下一个毫无感觉的空壳"（2），"他的观察角度特别，很不一般，但缺少触角，没有实质性的触觉"（15）。资本主义的虚无精神在克利福德身上得到了淋漓尽致的体现，因而劳伦斯说克利福德撰写的小说所反映的虚幻的现实反而更"忠实于现代生活了，也就是说是符合现代人心理的"（14）。

其次，个体的生命意识淡漠表现为克利福德在两性关系失调后变得冷漠、独断专权，漠视他人的生命活力。克利福德的独断表现在他虽无法治好自己残缺的身体却一定要修复他的林子，让它完整无损。这林子和他的身躯一样因战争而受损，"这片被砍秃了的地方总是令克利福德异常愤怒。他是经过大战的人，明白那意味着什么。但是直到亲眼看到这座秃山，他才真正感到愤怒"（42）。克利福德需要通过统治这片林子来证明他在世上的存在感，"我要让这片林子完整无损……不受伤害，不让任何人私自闯进来"（43）。他雇用梅勒斯作为专职守林人，而梅勒斯也恰恰是从战争中幸存下来的战士，他的身心也同样受到了来自战争的创伤，梅勒斯的经历让克利福德相信他能做好这份工作。克利福德的专权还表现为他无视工人的生命，大力发展矿场事业，肆意赚取资本。被现代文明摧残的身躯，仍在追逐现代机械文明，并借此来创造外部价值以弥补其内在价值的空缺，这恐怕是克利福德的真实写照。克利福德投身矿场建设，积极参与机械研究和创新，让矿井的开发获取更大的利益；他无视工人对提升工资和矿下环境的需求，把他们当工具、粗鄙的事物，而不当人，无视他们的生命，仅把他们看作整个矿产链条上的一部分，而不是与他一样平等的人（14）。工业英国代替农业英国是一种必然趋势，然而这种替代不是有机的，恰恰是机械的。作为资产阶级的代表，克利福德剥夺了人们在自然中生活的权利，把工业的恐怖印象带给工人，他的强势统治，毫不顾忌工人的利益，更不给他们反抗之机，正如劳伦斯在小说中所写的，"铁皮人！扼杀人性，崇尚机械。金钱，金钱，金钱！这些现代人都扼杀古老的人性感情"（249）。

克利福德因自身的身体残疾导致自我生命力减退，又漠视他人的生命力，并通过改造和征服外部世界来掩盖身体残缺和性爱缺失的事实，试图以创造外部社会的价值来消解身体残疾带来的生命力贫瘠的困境。克利福德精明能干，具有驾驭一切的能量，他做到了对产业和工人的精明管理。正如他自己所说的，统治靠的是他的头脑不是腿，他可以为统治尽一份责任。但他精于理性，疏于感性，不仅因缺乏自我认同而表现出生命意识淡漠，更是在人际交往中表现出情感的淡漠。

三、两性关系失调中的身体与个体生命情感淡漠

个体的生命情感是指人在交往互动中通过一定的语言、文字或肢体动作、表情等表达手段将某种信息传递给其他个体，从而表情达意的生命态度。社会学将其定义为人们在生产或生活劳动中建立的人与人之间的各种社会关系。心理学则认为，生命情感是指人与人在交往中基于心理的直接感悟而建立的联系。存在主义心理学认为，人在与他者的动态关系中追求"意义"的存在①，在人际交互中，主体应遵循尊重原则、理解原则、平等原则和互利合作原则等。而克利福德的身体残疾使得他在生理上不愿与他人接触，在心灵上不愿与他人交流，无法与他人建立良好的社会关系，从而导致生命情感淡漠。

首先，生命情感淡漠体现在克利福德与他者相处时，缺乏情感交流，违背情感交流的尊重和理解原则。克利福德剪断了夫妻亲密关系的纽带，拉开了他与康妮之间的身体和情感距离，他仰视妻子，"他崇拜她，就像野蛮人看一个文明人一样，对她既羡慕又怕"②。但他又俯视妻子，不去理解康妮渴求亲密接触的想法，忽视她的生理需求和情感需求。他以为康妮的

---

① Heine, S. J., Proulx, T. & Vohs, K. D. The meaning maintenance model: On the coherence of social motivations. *Personality and Social Psychology Review*, 2006, 10(2): 88-110.

② Lawrence, D. H. *Lady Chatterley's Lover*. Shanghai: Shanghai World Books Press, 2009: 151.

身体出现憔悴的病态是因为她无法名正言顺地生育孩子。在克利福德心中，女性的生育功能旨在服务男性所属的家族，该功能的实现远比情感需求更值得重视。

情感交流的不平等，使得无论是仰视还是俯视，个体对生命情感淡漠的态度都在不尊重和不理解中滋生和蔓延。因而，克利福德和康妮的关系崩塌是必然的结局，"他心里早就明白，她是一直想离开他的，但理智上他又决不肯承认这个事实"①。

其次，生命情感淡漠表现在克利福德在与他者的相处中，违背情感交流的平等原则。克利福德因为两性关系失调而缺少人性中的温暖，因而他的骄傲、自私和冷酷在与他人交往中表现得愈加明显。克利福德对梅勒斯有着强烈的控制欲。他认为肉体的生命不过是动物的生命（270），这一点康妮有点看不下去了，忍无可忍地冲克利福德喊：

> 可你缺少基本的同情心，那么恶心，才最庸俗。位高者须尽义务！
>
> ……
>
> 你不过是获得了不该获得的金钱，用一周两镑的价钱迫使别人替你干活儿，否则就用饿死来威胁他们。统治！你凭什么统治呀？你干枯了！你不过是靠你的金钱欺压别人！（220）

在康妮的控诉中，克利福德的资本家面目被彻底揭露了。克利福德认为他花钱雇梅勒斯来干活，就可以驱使梅勒斯，可以不顾梅勒斯的身体感受。他总以高姿态出现在梅勒斯面前，蔑视其家境以及其在部队的经历。克利福德骨子里的优越感，让他忘记了残疾这件事，甚至有时候被人抬来抬去，他都有一种作为主人的骄傲。而梅勒斯拥有健康完美的身躯，表现出沉稳和强大的意志，与克利福德形成鲜明的对比。因而，克利福德表现出的优越感，恰恰是他潜意识里自卑感的体现。

---

① Lawrence, D. H. *Lady Chatterley's Lover*. Shanghai: Shanghai World Books Press, 2009: 406.

再次，生命情感淡漠表现在克利福德与他者相处时的违背情感交流的互利合作原则。克利福德与博尔顿太太是雇佣和被雇佣的主仆关系，同时他对博尔顿太太的母性有着孩子般的依赖。一方面克利福德的身体缺陷使得他需要博尔顿太太长期照顾他的生活起居；另一方面他自私、冷漠，内心空虚、困惑，需要博尔顿太太母亲般的亲密接触来消解困惑，弥补空虚。但是克利福德自私地利用了博尔顿太太，他从她身上获取所需，却没有相应地付出情感回报。克利福德不知道博尔顿太太将矿工丈夫特德的死怪罪在他的身上，她"对她家特德的思念和对查泰莱夫人那秘密情人的猜想交织在一起。她感到她与另一个女人有了共同的深仇大恨，那就是恨克利福德和他所捍卫的一切。可与此同时她居然在和他玩双人皮克牌，还下了六便士的赌注"（159）。克利福德从博尔顿太太身上获得所需，而博尔顿太太却怀着仇恨和看客的心态，期待他戴绿帽子出丑。克利福德和博尔顿太太之间的利益不平衡，既是他们主仆二人之间的利益失衡，更是资本家与劳动阶级的阶级利益失衡。

克利福德成为身体上和心灵上的孤独者，他得不到人性中的亲密关系和情感交流的满足，产生负性心理体验，即出现空虚、寂寞、无助和郁闷等不良情绪反应[1]，产生对生命的淡漠情感。那么对于个体而言，其身体如何在工业资本主义社会的压抑中，恢复活力，焕发生机？劳伦斯认为，生命力复苏的希望在康妮和梅勒斯的和谐两性关系中得以实现。

第二节 和谐两性关系中的身体与个体生命力复苏

在劳伦斯所处的时代，西方文明进入了一个个人与社会关系全面异化的阶段，资本主义工业革命压抑、扭曲人的自然本性，禁锢人的性本能和情感本能。为了破除这一压抑和禁锢，劳伦斯提出身体需要在和谐两性关系中得到复苏的观点。和谐两性关系的实质不仅是性行为本身的和谐，还

① Asher, S. R. & Paquette, J. A. Loneliness and peer relations in childhood. *Current Directions in Psychological Science*, 2003, 12(3): 576.

是一种观念的和谐。身体的复苏即指身体机能恢复健康状态，焕发生命活力。劳伦斯说，男人与女人的关系中蕴含着人类一切生命和知识，男人和女人的生活、男人和女人之间的交融都呈现出勃勃生机和智慧。[①] 劳伦斯完全信赖身体的力量，认为男人和女人通过和谐两性关系能找寻到生活的意义和生命的本质。

一、和谐两性关系中的女性身体与个体生命力复苏

两性亲密行为是高等智能动物有情感、用心地和对方进行亲密接触的行为，是人类身体除了饮食等基本生存需求之外的本能需求，也是身体的重要功能之一。小说中，康妮的身体从最初因压抑而变得麻木，因两性关系不和谐而感到困惑，到通过两性关系达成和谐后恢复生命活力，经历了从被动地顺从无亲密行为的身体体验到主动追求、享受亲密行为的身体体验。暂且抛开道德因素，只探讨女性身体的生命力复苏，我们可以发现，在小说中康妮身体意识的萌芽、身体官能的重生和生命价值的升华在和谐两性关系中得以实现。

首先，女性个体的生命力复苏体现为康妮身体意识的萌生，其中身体意识作为生命的本能冲动，它的觉醒是女性生命力复苏的第一要务。身体意识的觉醒首先源自对美的身体的认同。康妮脱光衣服在镜子前看自己的身体，调着灯光照亮全身。她想："一个赤裸的人体是多么羸弱，多么易受伤害，多么可怜啊，有点像一件没有完工的作品！"（73）她一面抚摸着、观看着自己那干瘪而没有活力的身体，一面涌起对性爱冲动的渴望，这情形令她痛哭起来，压抑已久的身体意识此刻瞬间爆发。康妮在观看异性的完美身体时，她的身体意识再次觉醒，她的身心被梅勒斯裸露上半身的场景彻底击中了，她似乎找到了同病相怜的知音。

> 一个孤独生活着的人，有着那么完美孤寂的白皙裸体，而他的内心也是孤寂的。除此之外，他还有着一个纯粹的生命的美。

---

① 劳伦斯. 激情的自白——劳伦斯书信选. 金筑云，应天庆，杨永丽，等译. 广州：花城出版社，1986：281.

不是什么美的东西，甚至不是美的身体，而是某种温柔的火光，
是一个生命的剪影在袒露自己时燃烧着的温暖的白火苗，这火有
着可以触摸的轮廓：身体！（68）

康妮第一次见到异性完美的身体，瞬间激起了对美和生命活力的渴求，
而这美的身体及其表现的生命力正是克利福德等所谓贵族阶级因为缺失而
惧怕的。身体意识的觉醒通过亲密的两性关系得以实现。康妮与梅勒斯的
亲密身体行为，令康妮意识到身体激情的美，并为之欣喜万分。沉睡的身
体意识得以唤醒后，康妮理解了身体的奇妙旋律，并认识到触摸这活生生
的温暖的美比通过观察这美得到的感受要深刻得多（153）。女性身体意识
的苏醒，不仅是女性走出身体困境的第一步，更是身体和情感得到苏醒的
根本前提。

其次，女性身体的生命力复苏体现为康妮的身体官能在和谐两性关系
中变得生机勃勃，使身体生产出新的自我。和谐的两性关系使女性感到一
种新生，身体会发生一些改变：身形更娇艳了，棱角磨圆了，神情中带着渴
望或得意，完全没有那种干枯、无神、精神萎靡的状态。[1] 而获得和谐两性
关系之后的孕育子女行为也成了身体脱胎换骨的最直接方式，康妮怀孕后
感到似乎"体内生出了另一个自己，就在她五脏六腑中燃烧着，融化着，温
柔而敏感。因为有了这个自我……她的五脏六腑都荡漾着激情，都变得生
机勃勃"（152），她"升华为一个真正的女人"[2]。劳伦斯本人其实对身体作为
生殖工具的观点持反对态度，所以他通过康妮表达他的观点：以纯粹的生孩
子为目的的亲密行为是普通而无意义的，而和谐的两性关系则可以孕育新
的生命，使女性自身也焕发生机。女性身体机能在亲密关系中焕发生命力，
燃起生的希望，激起对美的渴望。小说中，康妮的肉体觉醒和无限生机的
焕发正是来自和谐两性关系的力量燃烧起来的美。劳伦斯一贯坚持这样的
观点：男性生殖器官是一种美的根，是所有完美的最原始的根源。[3] 因此劳

---

① Lawrence, D. H. *Lady Chatterley's Lover*. Shanghai: Shanghai World Books Press, 2009: 7.

② Lawrence, D. H. *Lady Chatterley's Lover*. Shanghai: Shanghai World Books Press, 2009: 242.

③ Lawrence, D. H. *Lady Chatterley's Lover*. Shanghai: Shanghai World Books Press, 2009: 243.

伦斯将他对两性关系最高境界的理解投射在梅勒斯和康妮身上，描绘他们二人在身体的亲密接触中达到灵与肉之间的完全、完整、亲密无间的融合，并互相创造一个新的对方，焕发新的生命力。康妮和梅勒斯抖落了工业文明强加在他们身上的各种异化物，恢复人的真实存在。康妮在这神圣的爱的境界里，体会到真正的纯洁与美好。

再次，女性身体的生命力复苏表现为康妮对世界有了更多的关注，视野变得更加开阔。女性在现代社会中多以"家中天使"的角色出现，她们恪守妇女的责任，很少接触外面的世界。而和谐的两性关系有助于打开女性的心灵，拓宽她们的视野，使她们对世界产生深层次的思考。在特瓦萧参观时，康妮面对萧条的景象，意识到"今日的英格兰正培育出一类新人，他们在金钱、社会和政治方面过于用心，而他们的自然本能和直觉却死了。半死不活的人，大家都是，可一半却活得执着，令人恐惧的执着"（172）。她以自身的活力对比周边环境的生命乏力，敏感地觉察出社会问题所在，虽然她并不能解决任何社会问题，但她对世界的思考恰恰反证了男性的麻木和他们对社会现状的默认。康妮向世人发出了控告——"上帝啊，人对人都做了些什么？人中豪杰对他们的同胞们都做了些什么？他们把别人糟蹋得没了人样，他们之间不再有友爱了！"（172-173）由此我们可以看出，资本社会对人身体的压迫，正是人类发展不平衡、不公正造成的。面对如此情景，康妮也不知道工业化的下一步会如何发展，而她只想扎进某个有活力的男人怀中，去寻求她的身体觉醒。①

小说中，康妮的生命力复苏过程发生在婚外，有违道德，有其瑕疵之处，但女性身体在和谐两性关系中萌生了身体意识，恢复了身体功能，拓宽了视野，有其积极的意义。女性在其生命力复苏之后开始关注外部世界，心怀大爱，也体现了和谐两性关系对于生命觉醒的重要意义。

二、和谐两性关系中的男性身体与生命力复苏

和谐两性关系对于男性而言，既能治愈战争带来的创伤，又能恢复肉

---

① Lawrence, D. H. *Lady Chatterley's Lover*. Shanghai: Shanghai World Books Press, 2009: 221.

体活力，实现情感复苏。男性通过亲密的身体接触实现生命力复苏，主要体现在以下两个方面：一是身体器官实现器质性复苏，进而拯救身体的形体；二是促进人际交流，进而唤醒身体的情感，直达生命的真谛。从男性身体的生命力复苏，我们可以看出劳伦斯欣赏和赞美男性身体的态度。

男性个体的生命力复苏，体现为梅勒斯的身体官能在亲密的身体接触中经由视觉观看和身体触摸得以恢复活力。其一，视觉观看作为一种间接刺激实施方法在亲密接触中起到唤醒身体复苏的作用。当视线瞄准裸露的身体时，身体诚实地反映了主体的内心，有些人会显得不自在或者不自然，深怕被看穿，有些人则自信地舒展身姿，焕发神采。当梅勒斯的身体暴露在康妮眼前时，他由内而外的男性魅力散发出来，他瞬间被她点燃了。梅勒斯不是上流社会出身，但他是标准的绅士，当过部队军官，受过良好教育，到处旅行增长了他的见闻，使他了解上层社会的语言风格和行为方式，因而，他裸露的身体在视觉观看中散发着成熟男性的魅力。其二，触觉作为最直接的刺激实施手段在身体的亲密行为中激发身体的神经系统，进而抵达情感认知，使身体焕发出活力。梅勒斯正是在与康妮的一次次亲密接触中，欣赏着彼此的身体，唤醒身体的每一个细胞，唤起生命活力。

劳伦斯借助19世纪西方非理性主义哲学的主流观点，以肉体形式表现复活，探索男性通过身体官能的复苏实现肉体拯救的道路。他在给哈丽特·门罗（Harriet Monroe）的信中谈到《查泰莱夫人的情人》时，明确说到这是一部纯洁的、温柔的、关于生殖器的小说，但它并非世俗眼光中的性小说，因为这是一部带有极大诚意的小说。劳伦斯由衷地相信这部小说会给人们的生活带来变化，使生活恢复到性意识觉醒的时代，让生殖器焕发出温柔和美的光芒，而不再是丑、恶的象征。[①]劳伦斯写这个故事就是想推崇和谐两性关系的重要性，表达身体复苏的愿望。虽然说通过身体官能的器质性复苏，实现肉体拯救，这有点夸大身体亲密行为的作用，但我们不能否认，天地万物的各种关系中两性关系为根本之一。

男性身体的复苏体现为以肉体复苏为媒介，最终达到情感的复苏，从

---

① Moore, H. T. (ed.). *The Collected Letters of D. H. Lawrence*. Cambridge: Cambridge University Press, 1962: 1046-1047.

而实现人与人、人与社会、人与世界的情感交流。劳伦斯认为，无论是在物质领域还是在意识领域，个体都通过亲密的两性关系给自己创造一个治愈旧伤的机会。他在随笔《复活的耶稣》（"The Risen Lord"）中描述复活的耶稣不再是升入天堂的耶稣，而是一个"完整、自由的血肉之躯"，他像其他正常的男女一样，娶妻生子，快乐地享受亲情。这是劳伦斯推崇的理想情感境界，也就是使精神与肉体亲密无间、相互融合、共同升华，让两性关系体验回归原始自然，最终实现自我超越的境界。在小说中，虽然梅勒斯经历过第一次婚姻后，对亲密两性关系失去了激情，但由于他与康妮的和谐两性关系及其与自然的和谐关系，他重获生命力，成为新的有机生命体。梅勒斯的身体复苏和情感升华，使他有勇气突破阶级阻力和道德批判与康妮在一起。和谐两性关系是劳伦斯探索身体如何复苏，何以拥有富有活力的生命时着重关注的对象，但是在小说的最后，劳伦斯对和谐两性关系是否能实现人类终极生命意义提出了他的困惑："性确实就是接触，最亲密的接触。可人们怕的也正是接触。我们只有一半觉悟，只是半死不活。"（320）在劳伦斯在世时出版的最后一部长篇小说中，他也没有态度决绝地认为被压抑的人性的真情实感，能在他的笔下最终得以释放，即使是梅勒斯和康妮的这种完美状态也只能达到半复苏状态。劳伦斯在小说结尾也留了一个开放性结局，他说梅勒斯和康妮还在不懈地努力着，等待真正结合的那一天。①

劳伦斯始终认为身体高于理智，和谐两性关系体现生命之本质。他说"一个人的躯体就像是一种火焰，就像蜡烛的火焰那样永远站立着、燃烧着，而智力仅仅是照射在周围的各种东西上的光"②，那么两性的亲密接触则是支撑着身体这一火焰不停燃烧的生命之本——蜡烛。劳伦斯从身体本能出发，通过两性关系来讨论身体，揭示了两性关系与人类命运的正相关关系。

---

① Lawrence, D. H. *Lady Chatterley's Lover*. Shanghai: Shanghai World Books Press, 2009: 425-426.
② Lawrence, D. H. *Studies in Classic American Literature*. Greenspan, E., Vasey, L. & Worthen, J. (eds.). Cambridge: Cambridge University Press, 2014: 145.

第三节 身体、两性关系与生命感悟

亲密的两性关系让人们意识到身体作为物质的实体性，以及身体作为繁殖工具的生产性等生命本性。身体的两性关系失调导致个体生命意识和情感淡漠，想要恢复生命活力，可以通过达成和谐两性关系来实现。和谐两性关系中的个体身体在言行举止等外部形态和思维意识等内部形态上，都体现出以人为本，呈现出身体的肉体之美和自然生命之美，以及生命的意义。劳伦斯认为人们只有关注身体本能意识和身体审美意识，关注身体的内在价值，以身体的自然感受为本，一切从身体出发，才能寻找到生命的真理。

一、身体在两性关系失调中的生命遮蔽

在劳伦斯看来，英国人在精神禁锢和肉体束缚中逐渐失去自我，已经变得"无性"，正如克利福德这个变态孩子似的男人，他在身体残疾和两性关系失调的驱使下，违背生命情感交际的原则，沉溺于自私与冷漠，彻底丧失了其男子汉自我，成为自私的生物个体。劳伦斯坚信，真诚是健康感情的基础，和谐两性关系是实现身体复苏，使生活富有意义的生命源泉。

两性关系失调遮蔽了生命体的繁殖功能和爱的能力，而人类的物种繁衍在生命的传承中具有举足轻重的作用。亚里士多德曾提出"金字塔式的自然观"，将有生物划分为植物、动物和人三个层次。[①] 即使是植物也是需要雌雄交配才能顺利完成物种繁衍，因而莫说是更高级的动物和人类了。在《查泰莱夫人的情人》中，劳伦斯描写了以克利福德为代表的群体，他们失去了人类原初的和谐两性关系，变得冷漠、无趣、死气沉沉，陷入了自然情感缺失的身体困境中。克利福德丧失性功能后，甚至允许妻子与他人偷情生一位继承人。但人类的生命本质与动植物等生物有着一定的不同，它是生命本质的最高层次，因为人还拥有爱的能力。身体的两性关系失调不仅是个体繁殖功能的缺失，更是个体爱的能力的缺失。

两性关系失调遮蔽了生命体的感性思维能力。劳伦斯以两性关系失调

---

① 庚镇城. 生命本质的探索. 上海：上海科学技术出版社，2004：26-27.

的表象影射现代工业文明对人性带来的创伤，他认为是所谓的文明将人变得非人，变成失去血性意识的机器。劳伦斯把 20 世纪的英国看作一个巨大的"世界身体"①，它的"无性"体现为在工业化进程中，精神不自由，肉体被束缚，用理性主义代替感性去思考的。最初的人类正是在感觉的世界里发现了自我身体，以自身的感性来思考，感性才是人类趋于接近真理的思维方式。世界态的身体隐喻建立起世界起源与身体之间的关联性，同样揭示了世界身体的原初自然属性，然而，一旦理性占据上风，世界就会失去原初那种最接近自然和诗意大地的真实感和美感，失去勃勃向上的生机。正如小说中的克利福德，他在两性关系失调的创伤中失去感性，将理性思维贯穿于身边的每一个事件中。因而，克利福德的两性关系失调状态不仅揭穿了英国社会问题的本质，也揭示了英国社会想要掩盖社会问题背后的深层次根源，即对个体生命的遮蔽和对个体生命的漠视。

简而言之，劳伦斯在小说中揭示了两性关系失调带来的个体繁殖能力、爱的能力以及感性思维能力缺失的生命遮蔽现象，以此批判压抑的社会文化对人性的遮蔽。劳伦斯提出只有在和谐的两性关系中，身体的本能意识和审美意识才能得到解放，才能充分展现出肉体的生命，焕发出人类的生机，从而实现心灵的升华。

二、和谐两性关系中的身体本能意识与生命

在近现代时期，哲学家和心理学家们都很关注身体的本能意识。弗洛伊德曾将人的意识分为本我、自我和超我，而本我则是本能意识的我，超我是道德修饰过的我，自我是本我与超我妥协、平衡后的我。劳伦斯认为，只有在和谐两性关系中充分释放本我的能量，认识本能意识的重要性，才能找到人的自我平衡，以及人与人、人与自然、人与世界的平衡。

一方面，在和谐两性关系中，身体本能意识与生命的联系在于生殖器官。它是身体的重要物质实体，是构建生命活力的物质基础。劳伦斯的"生殖器意识"几乎贯穿他的每一部小说，尤其是在《查泰莱夫人的情人》这部

---

① 奥尼尔 . 身体五态：重塑关系形貌 . 李康，译 . 北京：北京大学出版社，2010：1.

小说中。这部小说重墨描写了梅勒斯与康妮的亲密接触行为，表现他们从肉体互相吸引到精神相爱，实现身体与精神和谐统一的过程。劳伦斯曾经在与奥托莱恩·莫雷尔夫人（Lady Ottoline Morrell）通信时写道："你知道我要做的是什么，那是使天下男男女女都能充分地、自然地友好交往，重新回到那古老的阳具意识，回到那古老的、那种不将阳具视作禁忌、满不在乎的态度。"[①] 这是劳伦斯回归身体物质实体的美好愿望。学者弗兰克·克默德（Frank Kermode）也认同生殖器官对人的重要作用，他指出，康妮与《恋爱中的女人》中的厄秀拉有相似之处，她们都可以算得上是英格兰女性的代表，她们需要男性的身体来激发自我的再生。[②] 生殖器恰恰作为男性身体的重要物质实体，是和谐两性关系得以实现的物质条件。劳伦斯认为，也许可以往前再推进一步，当身体在和谐两性关系中苏醒时，已经深陷理性之泥沼的英国乃至世界或许会迎来新的曙光。[③] 劳伦斯诚挚地相信《查泰莱夫人的情人》这部小说将会改变人们的生活，因为这部小说会唤起人们的性意识觉醒，而性之温柔和美感将带给人们美好的幻想。[④]

劳伦斯极力推崇身体的物质实体性，以实现拯救主体的目标，因为他坚信身体的强大能量。劳伦斯深受尼采酒神精神的影响，他认为性是纯净的生命之火。身体中的熊熊大火需要通过两性吸引力的微妙释放，以其纯洁而引发身体的能力，点亮个体的激情和热情，并对世界报以同样的热情和激情。[⑤] 因而，劳伦斯专门为《查泰莱夫人的情人》在意大利佛罗伦萨的首版选取了一张红底、黑凤凰从火中腾起获得新生的画面作为封面，以喻示身体经历欲火而重生。劳伦斯在小说中以毫无遮蔽的身体为媒介，通过尽情释放身体，拉近个体之间亲密的距离，焕发生命的激情。

另一方面，在和谐两性关系中，身体的本能意识与生命的联系在于身

① Moore, H. T. (ed.). *The Collected Letters of D. H. Lawrence*. Cambridge: Cambridge University Press, 1962: 1063.
② 克默德. 劳伦斯. 胡缨，译. 北京：生活·读书·新知三联书店，1986：188.
③ Leavis, F. R. *D. H. Lawrence: Novelist*. New York: Penguin Books, 1981: 9.
④ Moore, H. T. (ed.). *The Collected Letters of D. H. Lawrence*. Cambridge: Cambridge University Press, 1962: 1063.
⑤ 劳伦斯. 唇齿相依论男女. 黑马，译. 成都：四川文艺出版社，2018：166-172.

体具有生产本能。亲密的两性关系不仅能实现身体的生殖功能，构建生命延续的通道，还能超越这个目标。正如梅勒斯所说的，亲密的身体接触是一种远胜于生殖功能的创造性行为。① 劳伦斯认为，如果能实现和谐的两性关系，身体的生殖功能的实现是水到渠成的，但他认为生育存在风险，纯粹为了实现生殖功能的性行为不可取，而他自己与妻子正因为身体的缘故并未生育子女。因而，劳伦斯在小说中塑造了康妮和梅勒斯这样一对两性关系和谐的身体，并以怀孕作为结局，在某种程度上弥补了他在现实生活中无法满足的遗憾。在《恋爱中的女人》中，女主人公厄秀拉没有实现生育，而在康妮这里实现了，这种转变来自劳伦斯认同人类的身体是创造新生命的机体，认同子宫是男女共享的身体空间，是生产生命、延续生命的载体。

身体具有物质实体性和生产性，是生命存在最基本的形态之一，人们相信自身，相信身体的本能意识，就能更真切地体会生命存在的意义。劳伦斯认为，在他所处的时代，其时代精神是不信任，哪怕家人、朋友之间也并没有因为亲情或友情而变得亲密，尽管社会表面上有着真切的信任。因而，劳伦斯致力于探索身体的本能意识，希望男女在和谐两性关系中懂得尊重个体生命，实现人类的身体解放。

三、和谐两性关系中的身体审美意识与生命

身体审美意识在于主体在和谐两性关系中产生对身体的审美认知，充分展示身体的肉体之美以及自然之美，体现个体的生命本质。

首先，身体的肉体之美是原初之美，是两性和谐关系中美和可爱的象征，是一切美、爱与生命的基础。劳伦斯认为，两性关系是人类与生俱来的关系，它不像传统道德观念所认为的那样丑恶、淫秽，令人不齿。劳伦斯描绘两性亲密关系，其宗旨在于展示一种整体的人，将人的整体图像中被抹去的那部分重新显影。

人们在相互欣赏肉体美之时，可以建立起更深层次的情感联系。劳伦斯笔下的男性和女性在和谐两性关系中，互相欣赏和感受对方的美。其中，康妮是一个充满生命气息、有血有肉的鲜活个体，梅勒斯具有健美的躯干、

---

① Lawrence, D. H. *Lady Chatterley's Lover*. Shanghai: Shanghai World Books Press, 2009: 279.

健康的男性魅力和顽强的生命力，二者在彼此的肉体之美中建立情感联系。劳伦斯提出这种肉体之美并不局限于男女之间的欣赏，男人和男人之间也可以互相欣赏，如《恋爱中的女人》中几位中产阶级男士一起洗澡，共同设想一个裸体生活的社会。劳伦斯说他写《查泰莱夫人的情人》，就是要"让男人和女人们全面、诚实、纯洁地想性的事，即便我们不能尽情地纵欲，但我们至少要有完整而洁净的性观念"①。劳伦斯在小说中借梅勒斯之言行也表达出了这样的观点，他要让肉体的美充分展现在世人面前。因此，即使面临小说被封禁的情况，劳伦斯也坚决不删改其中关于肉体美的描写，他坚信正是这些肉体之美的存在，才能端正人们对身体的态度，才能使人通达生命意义。

其次，身体的肉体之美还在于性行为是自然生命的一部分，是两性和谐关系中纯真和美的象征。劳伦斯在致南希·皮恩（Nancy Pynn）的信中说："我始终苦心孤诣地在做同一件事，就是使人们在提到性关系时，应感到的是正当和珍贵的，而不是羞愧"，"性是美好的、温柔的，但又如赤裸着的人体那样脆弱"。②劳伦斯大胆地、毫不掩饰地描述男女身体的美及其亲密接触的经过，他认为，主体不应该扭捏地掩饰人的自然需求，而应愉快地承认它，如此才能获得幸福美满的婚姻和家庭生活。他说："若想要生活变得可以令人忍受，就得让灵与肉和谐，就得让灵与肉自然平衡、相互自然地尊重才行。"③小说中，梅勒斯说了这样一段话：不管是男子之间还是男女之间，只有肉体的温情是最美好的，那种温情是性的觉悟，那种接触是最亲密的。尤其是我们英国人，更需要相互接触，多点体贴，多点温情，这是我们所迫切需要的。④劳伦斯将性的重要性上升到国家的层面，他坚信国民的生理需求和情感需求都离不开性，整个国家更是因为有性而得到民族情感的升华。

再次，身体的自然之美表现为身体的自然属性，以及身体的生存需要

---

①　劳伦斯.劳伦斯文艺随笔.黑马，译.桂林：漓江出版社，2004：310.

②　劳伦斯.劳伦斯书信选.黑马，译.哈尔滨：北方文艺出版社，1994：43.

③　劳伦斯.劳伦斯文艺随笔.黑马，译.桂林：漓江出版社，2004：313.

④　Lawrence, D. H. *Lady Chatterley's Lover*. Shanghai: Shanghai World Books Press, 2009: 290.

与自然环境之相生相长的关系。劳伦斯身体自然之美的观念与奥尼尔的自然态身体概念不谋而合。[①] 奥尼尔的自然态身体强调自然的神秘性，他将世界即上帝创造的原初宇宙看成是一个巨大的社会身体。劳伦斯也同样向往传统的田园生活，向往那个在他儿时和青少年时期的记忆中风景秀丽、充满自然风光的故乡。身处这样的自然环境中，劳伦斯形成了对人的特有感悟。他说：

> 一个女人就是一股喷泉，泉水轻柔地喷洒在靠近她的一切；一个女人就是一道震颤的波，它不为人知也不为己知地振动着，寻找着另一道波的共振……男人也一样，他的生活和行动也有着自己的存在价值。他是一道生命的溪水，按照一定的方向向某个人奔流，这个人接受他的生命之水并用自己的相回报，这样就成了一个完整循环，从而才有了和平。[②]

劳伦斯将这种感悟融入小说中，在《恋爱中的女人》中，男主人公伯金在大自然中裸体躺着，化解郁闷的心情；在《彩虹》中，青年男女安东与厄秀拉在月光下的森林中立下爱的誓言；在《查泰莱夫人的情人》中，劳伦斯用他那饱蘸激情的笔描写了一片有土壤、雨露和阳光的森林，康妮和梅勒斯在此相识、相知、相爱。林中小屋蕴含着生命气息，康妮感受到它的生命力量，并被激发出无限的热忱去追寻生命。她看着小鸡出生，看到草木复苏，体会着自然的神奇和伟大，她的身体在与大自然的种种交融中享受到生命力之美在体内燃烧。康妮和梅勒斯在这远离工业文明喧嚣的净土上寻到了爱情和生命的伊甸园。自然景物是人与自然之间存在精神交流的桥梁，因而身体之美回归自然之美，体现了原初的生命活力。

最后，身体的自然之美还表现为身体的血性意识与自然的交融，焕发出生命力之美。劳伦斯认为，自然的环境更适合人的生存，人的身体只有

---

① 李碧芳. 本真的生命、诗意的生存——解读劳伦斯自然态的身体理念. 福州大学学报（哲学社会科学版），2013（2）：65.

② 劳伦斯. 爱的行板. 杨涛，译. 喀什：喀什维吾尔文出版社，2004：4.

在自然中才能得到释放，产生强大的生命力。劳伦斯为了实现这个目的，借助了"血液意识"①这个概念，因为他认为"血液意识使理智意识黯然失色，使之销声匿迹"②。现代社会的生命力在逐渐消亡，其主要原因在于现代工业文明以理性为主导，逐渐扼杀了人的原始本性，使其愈发萎靡、虚弱，直至生命活力消失殆尽。鉴于此，劳伦斯提议压抑理性的发展，推崇"血性意识"。劳伦斯的这一观点恰与叔本华、尼采等现代西方非理性主义哲学家的思想不谋而合。现代文明过于强调理性至上，重视精神塑造，而忽略了身体的需求和欲望的感受，正如尼采在《悲剧的诞生》（*The Birth of Tragedy*）中所说的，"我们今日称作文化、教育、文明的一切，总有一天要被带到公正的法官酒神面前"③。劳伦斯和尼采站在了统一战线上，这些共同的思想也激励着劳伦斯终其一生去探寻身体之美。

劳伦斯在《查泰莱夫人的情人》中呈现了个体在两性关系失调中的生命观念淡漠，在和谐两性关系中的生命力复苏，以及对身体亲密关系的生命感悟，既展示了小说主要人物的身体观，也揭示了其批判工业社会对人的身体及其性欲的压抑，希望通过身体的和谐两性关系改变社会现状，实现生命意义。劳伦斯在考察生命力复苏时，主要聚焦于以下两点。一是突破传统观念束缚，揭示两性关系体现生命本质的朴素观念。劳伦斯在《查泰莱夫人的情人》的出版过程中遭受了巨大的阻碍和压力，但他仍冲破一切障碍，坚持自己的理想，不屈顽抗。他用尽自己生命的全部力量打破世界对身体的传统态度，去传播亲密的两性关系能传递生命力的人生观、世界观和价值观。二是注重身体的本能感受，强调亲密的两性关系具有揭示生命意义的重要功能。劳伦斯希望通过真切地感受身体、解放身体来实现社会历史的改写，希望和谐的两性关系可以释放被压抑的生命本质，实现人类新生的愿望。

---

① 劳伦斯.激情的自白——劳伦斯书信选.金筑云，应天庆，杨永丽，译.广州：花城出版社，1986：240.
② 劳伦斯.劳伦斯文艺随笔.黑马，译.桂林：漓江出版社，2004：81.
③ 尼采.悲剧的诞生.周国平，译.北京：作家出版社，2013：25.

第六章

结　语

　　自 19 世纪尼采的身体哲学诞生以来，身体逐渐成为西方文化建构的一项重要传统。但工业革命兴起以后，在英国社会，身体呈现出来的却是一台被异化的机器形态，再加上维多利亚时期以来，人们提到身体讳莫如深，身体一度陷入迷惘而不知所往。劳伦斯深受尼采等人的影响，继承了"一切从身体出发"的理念，深入批判工业革命兴起以来直至 20 世纪资本社会对人身体的压抑和剥削。劳伦斯作为一位非常虔诚的艺术家，意识到身体问题根源在于人对身体的认知不足，而他善于呈现身体原本的样子，让身体爆发出其自身的能量。劳伦斯从伦理、欲望、权力、精神、两性关系等多个维度将身体面临的困境付诸笔端，并通过身体的生命表达，寻找解决困境的方法，展现身体的意义，表达回归身体的美好愿望。

　　第一，劳伦斯揭示了身体伦理困境的根源在于个体身体与自我、与他者、与社会之间的不平衡关系。这既体现在个体对自我身体、对道德规范、社会责任和道德认知的认识不足，又表现为存在着扼杀纯净的个体生命、对人类缺乏生命关怀的社会现实。身体在社会生存中受到社会伦理束缚时，如何与自我和解，与他人和解，与社会和解，实现自我身体的平衡？劳伦斯对此做出了感性思考，提出了尊重身体、遵从本能直觉、恢复身体自由、关怀生命的处世哲学。另外，劳伦斯揭示了个体身体在反叛伦理制约时体现出的孤立无援和不彻底性，批判工业社会对人性的扼杀和对生命的淡漠。

第二，劳伦斯揭示了身体在欲望文化中的困境是过度追求物欲，其根源在于身体在欲望中迷失，规避本能需求，忽视真实感受。一方面是深陷自恋欲望中的社会身体追求他者认同，迷失了真实的自我；另一方面是沉迷他恋欲望中的消费身体追逐象征符号，压抑真实的自我。无论是工具性的社会身体，还是符号化的消费身体，劳伦斯认为，个体身体都应摒弃虚无的"欲望之因"，回归身体的直觉和本能，找回生命本真。劳伦斯批判工业社会对人身体的摧残，身体的适度欲求虽是促进自身发展的催化剂，但过度追求物欲，容易失去本心，丧失生命之真。

第三，劳伦斯认为，身体在受到家庭、社会和国家层面的权力监控时积极反抗，在个体发展和历史的沉淀中重获新生。身体受到权力监控，其根源在于资本主义社会对普通民众的残酷压制，对人类缺乏普适的悲天悯人情怀。身体是社会生命的表征，身体的生存方式和生存形态决定着生命的维度。人类要取得身体自由和身体解放，需要在权力政治中重视个体身体的力量，加强身体的感受能力。劳伦斯作为现代主义和现实主义的代表作家，始终站在工人阶级和劳动者角度，为他们发声，引起人们对身体尤其是劳动身体的关注。劳伦斯呼吁，身体应在个体的纵向发展和历史的代际发展中突破一切枷锁，充分展现身体的生命价值。

第四，劳伦斯认为，身体与精神在"生与死"中实现和谐统一。工业社会中的身体在遭受人与人之间的异样凝视之后，与精神分离，与外部世界分离，这种分离正是由身体与自然生命割裂所致，分离使得心灵没有身体作为依托。身体在资本社会作为商品被异化后，更是产生了合法的不道德现象，并在现实社会持续存在。劳伦斯提出身体与精神统一的观点，将身心交融藏匿于"死亡"这一个与"生"看似完全背离的现象中，放慢死亡的速度，将死亡的过程与生的希望交织在一起，凸显身心在死亡时刻获得的统一。劳伦斯认为，生命的意义体现在尊重身体本能与自然属性，尊重生命，最终获得健康的身体与高尚的精神，甚至纯净的社会。身体在自然属性和生死本能属性之中达到与精神的统一，获得新生命的意义。

第五，劳伦斯认为，身体是生命存在的根本，和谐两性关系则是生命存在的要素之一。身体残疾或两性关系失调，引发生命观念淡漠，其根源在于两性关系的失调暴露了自私、冷漠的人性缺陷。劳伦斯提倡在和谐两性关系中，释放身体的本能，获得身体官能、身体意识、生命活力的复苏，呼唤生命之本和生命意义。由于劳伦斯的身体观打破了维多利亚时期以来"谈性色变"的传统，他的小说作品在其有生之年惨遭封杀，而后随着20世纪六七十年代性解放运动的展开，劳伦斯身体观念的前瞻性得到了充分肯定。劳伦斯坚信和谐的两性关系是身体立身之本，是生命之源。劳伦斯的身体观直面人的本能和原始直觉，直达生命之本，具有历史的进步意义。

身体的多维研究体现了劳伦斯想要以身体为媒介，促成人性中的理智和情感融为一体的愿景。但劳伦斯的身体观过分重视原始身体的本能力量，有一定的局限性，比如他说"肉体就是灵魂"，肉体比智力更聪明；在小说中，他要求主人公们抛弃一切来自家庭、社会的羁绊，在自由本真的状态中实现生命的更新。劳伦斯回归身体的主张是理想化的，他构想中的无限开放、自由的身体是一个理想的生命表征。尽管如此，这个理想无论是在当时的时代背景下，还是在现代的社会环境中，对于人类追寻自身幸福和天道真理都具有启示意义。

行文至此，本书意图明显，旨在揭示劳伦斯如何以身体理念为指导，书写人的自然属性、社会属性、文化属性、精神属性和情感属性等，具象而又前瞻性地展现了当下身体狂欢时代的人类生存困境，或可引起人们对人类自身的重视和反思；同时，劳伦斯对工业文明的批评和对身体的重视，极大地丰富了英国19世纪以来身体书写的伟大传统，为"身体转向"的进一步理论研究提供了参考。

本书内容仍具有进一步研究的空间和价值。本书重点关注单个作家在特定的历史时期对于身体问题的思考，所做的分析难免存在历史的局限性。从横向来看，与劳伦斯同时代的作家是否也对身体问题做过回应？他们如何理解身体在生命表达中的地位？再从纵向来看，劳伦斯所生活的20世纪见证了"身体转向"，英国文人对身体问题有着怎样的思考，他们的书写在大体上又呈现了怎样的趋势，映射出怎样的社会、文化、历史和政治问题？虽然对这些问题的回答已经不在本书研究的范畴之内，但关于它们的研究或许可以拓展和完善身体书写研究的系统性，帮助我们厘清身体理念在西方文学史中的发展脉络和发展历程。本书是笔者未来研究的出发点和落脚点，期望可以为进一步探讨英国现代主义作家的身体书写奠定基础。

参考文献

一、外文参考文献

（一）D. H. 劳伦斯作品、书信集

Lawrence, D. H. *Apocalypse and the Writings on Revelation.* Mara, K. (ed.). Cambridge: Cambridge University Press, 1980.

Lawrence, D. H. *Kangaroo.* New York: Cambridge University Press, 1994.

Lawrence, D. H. *Lady Chatterley's Lover.* Shanghai: Shanghai World Books Press, 2009.

Lawrence, D. H. Morality and the novel. In Steele, B. (ed.). *Study of Thomas Hardy and Other Essays.* Cambridge: Cambridge University Press, 1985: 169-176.

Lawrence, D. H. *Psychoanalysis and the Unconscious & Fantasia of the Unconscious.* New York: Viking Press, 1960.

Lawrence, D. H. *Studies in Classic American Literature.* Greenspan, E., Vasey, L. & Worthen, J. (eds.). Cambridge: Cambridge University Press, 2014.

Lawrence, D. H. The future of the novel. In Steele, B. (ed.). *Study of Thomas Hardy and Other Essays.* Cambridge: Cambridge University Press, 1985: 151-155.

Lawrence, D. H. *The Plumed Serpent.* New York: Cambridge University Press,

1987.

Lawrence, D. H. *The Rainbow*. Oxford: Oxford University Press, 2008.

Lawrence, D. H. *The Trespasser*. New York: Penguin Books, 1950.

Lawrence, D. H. *The White Peacock*. New York: Penguin Books, 1950.

Lawrence, D. H. *Women in Love*. New York: Penguin Books, 1986.

Moore, H. T. (ed.). *The Collected Letters of D. H. Lawrence*. Cambridge: Cambridge University Press, 1962.

Zhu, T. B. (ed.). *D. H. Lawrence: Selected Literary Critiques*. Shanghai: Shanghai Foreign Language Education Press, 2003.

（二）其他相关研究文献

Adamowski, T. H. Self/body/other: Orality and ontology in Lawrence. *D. H. Lawrence Review*, 1980, 13(3): 193-208.

Aquinas, T. *Basic Writings of Saint Thomas Aquinas (Vol. 1)*. Beijing: China Social Sciences Publishing House, 1999.

Aristotle. *Eudemian Ethics*. New York: Cambridge University Press, 2013.

Asher, S. R. & Paquette, J. A. Loneliness and peer relations in childhood. *Current Directions in Psychological Science*, 2003, 12(3): 75-78.

Beal, A. (ed.). *Selected Literary Criticism*. New York: The Viking Press, 1956.

Bertozzi, A. P. Symbolism in *Women in Love*. In Moore, H. T. (ed.). *A D. H. Lawrence Miscellany*. Carbondale: Southern Illinois University Press, 1959: 56-78.

Bond, C. Embodied love: D. H. Lawrence, modernity, and pregnancy. *D. H. Lawrence Review*, 2016, 41(1): 21-44.

Boone, N. S. D. H. Lawrence's theology of the body: Intersections with John Paul II's *Man and Woman He Created Them*. *Religion and the Arts*, 2014, 18(4): 498-520.

Bourdieu, P. *The Logic of Practice*. Cambridge: Polity Press, 1990.

Bracher, M. *Lacan, Discourse, and Social Changes: A Psychoanalytic Cultural*

Criticism. Ithaca: Cornell University Press, 1993.

Brohm, J. M. *Sports: A Prison of Measured Time*. London: Ink Books, 1978.

Bryant, B. L. D. H. Lawrence: The vision of *The Rainbow*. Birmingham: University of Alabama, 1995.

Carswell, C. *The Savage Pilgrimage: A Narrative of D. H. Lawrence*. New York: Harcourt, 1932.

Connell, C. M. Inheritance from the earth and generational passages in D. H. Lawrence's *The Rainbow*. *D. H. Lawrence Review*, 2011, 36(1): 72-92.

Coombes, H. (ed.). *D. H. Lawrence: A Critical Anthology*. Harmondsworth: Penguin Books, 1973.

Corke, H. The writing of *The Trespasser*. *D. H. Lawrence Review*, 1974, 7(3): 227-239.

Cowan, J. C. *D. H. Lawrence and the Resurrection of the Body*. Carbondale: Southern Illinois University Press, 1980.

Descartes, R. *Meditations on First Philosophy*. Cottingham, J. (trans.). Cambridge: Cambridge University Press, 1993.

Deluze, G. & Guattari, F. *Anti-Oedipus: Capitalism and Schizophrenia*. Hurley, R., Seem, M. & Lane, H. R. (trans.). New York: Penguin Group Inc., 2009.

Eagleton, T. *Marxism and Literary Criticism*. London: Methuen, 1976.

Efron, A. The mind-body problem in Lawrence, Pepper, and Reich. *The Journal of Mind and Behavior*, 1980, 1(2): 247-270.

Ellis, D. *D. H. Lawrence and the Female Body*. Oxford: Oxford University Press, 1996.

Evans, D. *An Introductory Dictionary of Lacanian Psychoanalysis*. London: Routledge, 1996.

Fernihough, A. *D. H. Lawrence and the Aesthetics of the Body*. Cambridge: University of Cambridge, 1989.

Fernihough, A. *The Cambridge Companion to D. H. Lawrence*. Shanghai: Shanghai Foreign Language Education Press, 2003.

Forster, E. M. The cult of D. H. Lawrence. *The Spectator*, 1931, 4(1): 627.

Foucault, M. *Discipline and Punish: The Birth of the Prison*. Sheridan, A. (trans.). New York: Vintage, 1979.

Foucault, M. *Language, Counter-Memory, Practice: Selected Essays and Interviews by Michel Foucault*. Bouchard, D. F. (trans.). Ithaca: Cornell University Press, 1980.

Foucault, M. *Space, Knowledge, and Power*. New York: Pantheon Books, 1984.

Foucault, M. *The History of Sexuality*. New York: Vintage Books, 1990.

Freud, S. *Civilization and Its Discontents*. Strachey, J. (trans.). New York: W. W. Norton, 1961.

Freud, S. *On Sexuality*. Strachey, J. (trans.). New York: Penguin Books, 1953.

Freud, S. *The Standard Edition of the Complete Psychological Works of Sigmund Freud (Vol. 24)*. New York: W. W. Norton, 1953.

Gallagher, S. *How the Body Shapes the Mind*. New York: Oxford University Press, 2005.

Gerald, D. The Chatterley/Bolton affair: The Freudian path of regression in *Lady Chatterley's Lover*. *Language and Literature*, 1998, 34(4): 372-387.

Gerald, D. Violent immolations: Species discourse, sacrifice, and the lure of transcendence in D. H. Lawrence's *The Rainbow*. *Modern Fiction Studies*, 2011, 57(1): 47-74.

Gibbs, R. W. *Embodiment and Cognition Science*. Cambridge: Cambridge University Press, 2004.

Giddens, A. *Sociology*. Beijing: Peking University Press, 2003.

Gordon, D. E. *Expressionism: Art and Idea*. New Haven: Yale University Press, 1987: 220.

Guttman, A. Sacred, inspired authority: D. H. Lawrence, literature and the fascist body. *The International Journal of the History of Sport*, 1999, 16(2): 169-179.

Heidegger, M. *Gesamtausgabe Band 53: Zu Hölderlin Griechenlandreise*.

Frankfurt am Main: Vittorio Klostermann, 2000.

Heine, S. J., Proulx, T. & Vohs, K. D. The meaning maintenance model: On the coherence of social motivations. *Personality and Social Psychology Review*, 2006, 10(2): 88-110.

Henry, M. *Incarnation: Une Philosophie de la Chair*. Seuil: Les Éditions du Seuil, 2000.

Hillman, D. & Maude, U. *The Cambridge Companion to the Body in Literature*. Cambridge: Cambridge University Press, 2015.

Hinz, E. J. *The Trespasser*: Lawrence's Wagnerian tragedy and divine comedy. *D. H. Lawrence Review*, 1971, 4(2): 122-141.

Husserl, E. G. A. *Die Krisis der Europäischen Wissenschften und die Transzendentale Phänomenologie*. New York: Kluwer Academic Publishers, 1993.

Ingersoll, E. G. *D. H. Lawrence, Desire and Narrative*. Gainesville: University Press of Florida, 2001.

James, W. *The Principles of Psychology*. Shanghai: Shanghai Translation Publishing House, 2020.

James, W. What is an emotion?. *Mind*, 1884, 9(1): 188-205.

Johnson, M. *The Body in the Mind: The Bodily Basis of Meaning, Imagination, and Reason*. Chicago: The University of Chicago Press, 1987.

Kellogg, D. Reading Foucault, reading Lawrence: Body, voice, and sexuality in *Lady Chatterley's Lover*. *D. H. Lawrence Review*, 1999, 28(3): 31-54.

Kermode, F. *Lawrence*. Hu, Y. (trans.). Beijing: The Joint Publishing Company, 1986.

Ko, J.-K. *D. H. Lawrence and Michel Foucault: A Poetics of Historical Vision*. Dordrecht: Kluwer Academic Publishers, 1999.

Kojève, A. *Introduction to the Reading of Hegel*. Nichols, J. H. (trans.). Ithaca: Cornell University Press, 1980.

Kondo, K. *The Development of Form in D. H. Lawrence's Novelistic Art*. Tokyo:

Kirihara Shoten, 1992: 200.

Lacan, J. *Écrits: A Selection*. Sheridan, A. (trans.). London: Tavistock, 1977.

Lacan, J. *The Four Fundamental Concepts of Psychoanalysis (Book VI)*. Sheridan, A. (trans.). New York: W. W. Norton, 1977.

Lacan, J. *The Four Fundamental Concepts of Psychoanalysis (Book XI)*. Sheridan, A. (trans.). New York: W. W. Norton, 1977.

Leavis, F. R. *D. H. Lawrence: Novelist*. New York: Penguin Books, 1981.

Leavis, F. R. *The Common Pursuit*. London: Penguin Books, 1963.

Leavis, F. R. *Thought, Words, and Creativity: Art and Thought in Lawrence*. New York: Oxford University Press, 1976.

Lefebvre, H. *The Production of Space*. Oxford: Blackwell, 1991.

Lock, M. M. & Scheper-Hughes, N. The mindful body: A prolegomenon to future work in medical anthropology. *Medical Anthropology Quarterly*, 1987, 1(1): 6-7.

Marrot, H. V. *The Life and Letters of John Galsworthy*. London: Heinemann, 1935: 836.

Martin, K. *Modernism and the Rhythms of Sympathy: Vernon Lee, Virginia Woolf, and D. H. Lawrence*. Oxford: Oxford University Press, 2013.

Masey, D. *Space, Place and Gender*. Cambridge: Polity Press, 1994.

Maslow, A. H. A theory of human motivation. *Psychological Review*, 1943, 50(4): 370-396.

Maslow, A. H. *Religions, Values, and Peak Experiences*. New York: Penguin Books, 1970.

Merleau-Ponty, M. *Le Primat de la Perception et ses Conséquences Philosophiques*. Paris: Éditons Verdier, 1998.

Merleau-Ponty, M. *Phenomenologie de la Perception*. Paris: Éditions Gallimard, 1997.

Merleau-Ponty, M. *Phenomenology of Perception*. Landes, D. A. (trans.). New York: Routledge, 2012.

Meyers, J. *D. H. Lawrence: A Biography*. New York: Knopf, 1990.

Michael, B. D. H. Lawrence and the meaning of modernism. In Thormalen, M. (ed.). *Rethinking Modernism*. Basingstoke: Palgrave Macmillan, 2003: 132-148.

Miliaras, B. L. Fashion, art and the leisure class in D. H. Lawrence's *The White Peacock*. *Études Lawrenciennes*, 1995, 11(1): 7-32.

Montgomery, R. E. *The Visionary D. H. Lawrence: Beyond Philosophy and Art*. Cambridge: Cambridge University Press, 1994.

Moynahan, J. *The Deed of Life: The Novels and Tales of D. H. Lawrence*. Princeton: Princeton University Press, 1963.

Myers, N. Lawrence and the war. *Criticism: A Quarterly for Literature and the Arts*, 1962, 4(1): 44-58.

Nehls, E. (ed.). *D. H. Lawrence: A Composite Biography (Vol.1)*. Madison: University of Wisconsin Press, 1957.

Nicholson, K. *Body and Soul: The Transcendence of Materialism*. Cumnor Hill: Westview Press, 1997.

O'Neill, J. *Five Bodies: The Human Shape of Modern Society*. Ithaca: Cornell University Press, 1985.

Penda, P. *Aesthetics and Ideology of D. H. Lawrence, Virginia Woolf, and T. S. Eliot*. Lanham: Lexington Books, 2018.

Poplawski, P. (ed.). *Writing the Body in D. H. Lawrence: Essays on Language, Representation, and Sexuality*. London: Greenwood Press, 2001.

Pritchard, R. E. *D. H. Lawrence: Body of Darkness*. Pittsburgh: University of Pittsburgh Press, 1984.

Reid, S. From rope-dancer to wrestler: The figure of the artist as performer in *Women in Love*. *D. H. Lawrence Review*, 2015, 40(1): 107-127.

Regan, S. (ed.). *The Eagleton Reader*. Oxford: Blackwell, 1998.

Roberts, W. & Poplawski, P. *A Bibliography of D. H. Lawrence*. Cambridge: Cambridge University Press, 2001.

Rooks, A. K. Sexual consciousness and the "New Lady Chatterley". *Film Criticism*, 2009, 33(3): 34-49.

Sagar, K. *D. H. Lawrence: Life into Art*. Athens, GA: Georgia University Press, 1985.

Salgado, G. *A Preface to Lawrence*. London: Routledge, 1982.

Sartre, J. P. *Being and Nothingness*. Barnes, H. B. (trans.). New York: Kensington Publishing Corp., 1993.

Schorer, M. *Women in Love* and death. *Hudson Review*, 1953, 6(1): 34-47.

Schwarz, D. R. *The Transformation of the English Novel 1890–1930: Studies in Hardy, Conrad, Joyce, Lawrence, Forster and Woolf*. London: Macmillan Press, 1995.

Schwarzmann, G. M. Marxism and bolshevism in D. H. Lawrence's *Lady Chatterley's Lover*. *South Atlantic Review*, 2008, 73(2): 81-95.

Seelow, D. *Radical Modernism and Sexuality: Freud, Reich, D. H. Lawrence and Beyond*. New York: Palgrave Macmillan, 2005.

Sheikh, F. A. Subjectivity, desire and theory: Reading Lacan. *Cogent Arts & Humanities*, 2017, 4(1): 7.

Shiach, M. (ed.). *The Cambridge Companion to the Modernist Novel*. Cambridge: Cambridge University Press, 2007.

Simpson, H. *Lawrence and Feminism*. DeKalb: Northern Illinois University Press, 1982.

Soja, E. W. *Thirdspace: Journeys to Los Angeles and Other Real-and-Imagined Places*. Malden: Wiley Blackwell, 1996.

Spackman, M. P. & Willer, D. Embodying emotions: What emotion theorists can learn from simulations of emotions. *Minds & Machines*, 2008, 18(1): 357-372.

Stevens, H. *D. H. Lawrence: Organicism and the Modernist Novel*. Cambridge: Cambridge University Press, 2007.

Tamara, A. Imagery and meaning in D. H. Lawrence's *The Rainbow*. *The*

Yearbook of English Studies, 1972, 2(1): 205-211.

Trautmann, J. The body electric. *D. H. Lawrence Review*, 1975, 8(1): 65-68.

Verhoeven, W. M. D. H. Lawrence's duality concept in *The White Peacock. Neophilologus*, 1985, 69(4): 294-317.

Verleun, J. The inadequate male in D. H. Lawrence's *The Rainbow. Neophilologus*, 1988, 72(1): 116-135.

Wagner, P. L. Foreword: *Culture and Geography: Thirty Years of Advance.* In Foote, K. E., Smith, J. M. & Mathewson, K. (eds.). *Rereading Cultural Geography*. Austin: University of Texas Press, 1994: 1-15.

Walterscheid, K. A. *The Resurrection of the Body.* New York: Peter Lang Publishing, 1993.

Wasserman, R. S. The development of *Lady Chatterley's Lover*: Parkin/Seivers/Mellors. Washington, D. C.: American University, 1981.

Wasson, R. Class and the vicissitudes of the male body in works. *D. H. Lawrence Review*, 1981, 14(3): 289-305.

Weekes, M. K. (ed.). *Twentieth Century Interpretations of "The Rainbow".* Englewood Cliffs: Prentice Hall, 1971.

Wendel, D. There will be a new embodiment, in a new way: Alternative posthumanism in *Women in Love. Journal of Modern Literature*, 2013, 36(3): 120-137.

Wientzen, T. Automatic modernism: D. H. Lawrence, vitalism, and the political body. *Genre*, 2013, 46(1): 33-35.

Wilt, J. *Ghosts of the Gothic: Austen, Eliot and Lawrence.* Princeton: Princeton University Press, 1980.

Worthen, J. *D. H. Lawrence: The Life of an Outsider.* London: Allen Lane, 2005.

Wright, L. Lawrence's *The Trespasser*: Its debt to reality. *Studies in Literature and Language*, 1978, 20(2): 230-248.

Wright, P. K. A language of the body: Images of disability in the works of D. H. Lawrence. Pullman, WA: Washington State University, 2006.

二、中文参考文献

（一）D.H.劳伦斯作品、书信集

劳伦斯.爱的行板.杨涛,译.喀什:喀什维吾尔文出版社,2004:4.

劳伦斯.白孔雀.高睿,朱晓宇,译.北京:中国华侨出版社,2018.

劳伦斯.不是我　而是风:英国作家劳伦斯的一生.辛进,译.北京:生活·读书·新知三联书店,1992.

劳伦斯.彩虹.葛备,杨晨,曹慧毅,译.哈尔滨:北方文艺出版社,1999.

劳伦斯.查泰莱夫人的情人.黑马,译.南京:译林出版社,2014.

劳伦斯.唇齿相依论男女.黑马,译.成都:四川文艺出版社,2018.

劳伦斯.激情的自白——劳伦斯书信选.金筑云,应天庆,杨永丽,等译.广州:花城出版社,1986.

劳伦斯.劳伦斯读本.毕冰宾,译.北京:人民文学出版社,2015.

劳伦斯.劳伦斯经典散文选.胡家峦,编.叶胜年,译.长沙:湖南文艺出版社,2000.

劳伦斯.劳伦斯论美国名著.黑马,译.上海:上海三联书店,2006.

劳伦斯.劳伦斯散文.毕冰宾,等译.杭州:浙江文艺出版社,2001.

劳伦斯.劳伦斯散文.黑马,译.北京:人民文学出版社,2008.

劳伦斯.劳伦斯书信选.刘宪之,乔长森,译.哈尔滨:北方文艺出版社,1994.

劳伦斯.劳伦斯文艺随笔.黑马,译.桂林:漓江出版社,2004.

劳伦斯.劳伦斯叙论集.黑马,译.北京:金城出版社,2013.

劳伦斯.恋爱中的女人.黑马,译.南京:译林出版社,2016.

劳伦斯.书之孽——劳伦斯读书随笔.黑马,译.北京:金城出版社,2012.

劳伦斯.无人爱我.黑马,译.上海:上海文艺出版社,2016.

劳伦斯.性与美——劳伦斯散文选.于红远,译.上海:上海知识出版社,1989.

劳伦斯.意大利的黄昏.傅志强,译.北京:知识产权出版社,2015.

劳伦斯.逾矩的罪人.程爱民,裴阳,王正文,译.南京:译林出版社,1994.

（二）其他相关研究文献

阿奎那．神学大全：第一集　论上帝（第 6 卷：论人）．段德智，译．北京：商务印书馆，2013.

奥尔丁顿．天才的画像：劳伦斯传．杨东英，等译．北京：中国书籍出版社，2015.

奥尼尔．身体五态：重塑关系形貌．李康，译．北京：北京大学出版社，2010.

奥尼尔．身体形态：现代社会的五种身体．张旭春，译．沈阳：春风文艺出版社，1999.

巴特．神话——大众文化诠释．许蔷燕，许崎玲，译．上海：上海人民出版社，1999.

鲍德里亚．消费社会．刘成富，全志钢，译．南京：南京大学出版社，2008.

贝尔．资本主义文化矛盾．赵一凡，蒲隆，任晓晋，译．北京：生活·读书·新知三联书店，1989.

波伏娃．第二性．郑克鲁，译．上海：上海译文出版社，2011.

柏拉图．柏拉图全集（第二卷）．王晓朝，译．北京：人民出版社，2003.

柏拉图．斐多．杨绛，译．沈阳：辽宁人民出版社，2000.

柏林特．生活在景观中——走向一种环境美学．陈盼，译．长沙：湖南科学技术出版社，2006.

布鲁克斯．身体活：现代叙述中的欲望对象．朱生坚，译．北京：新星出版社，2005.

布鲁姆．小说家与小说．石平萍，刘戈，译．南京：译林出版社，2018.

陈勤．身体的诉求——论劳伦斯的《普鲁士军官》．四川师范大学学报（社会科学版），2009（2）：103-107.

程心．劳伦斯反进化论的自然观．外国文学评论，2005（1）：57-64.

程悦，陈淑清．生命的真实与超越——劳伦斯在小说《虹》中表达的生命观．东北师范大学学报（哲学社会科学版），2014（5）：158-162.

德波．景观社会．王昭凤，译．南京：南京大学出版社，2006.

德勒兹．尼采与哲学．周颖，刘玉宇，译．北京：社会科学文献出版社，2001.

德勒兹. 哲学与权力的谈判——德勒兹访谈录. 刘汉全，译. 北京：商务印书馆，2000.

丁礼明. 劳伦斯现代主义小说中自我身份的危机与重构. 上海：上海外国语大学，2011.

丁礼明. 劳伦斯小说疾病话语的隐喻解读. 西安外国语大学学报，2019（2）：119-123.

董金平. 马克思主义的女性主义前沿问题及其内在逻辑. 南京大学学报（哲学·人文科学·社会科学），2013（5）：5-14.

董晶晶，姚本先. 威廉·詹姆斯与具身认知心理学. 心理学探新，2017（3）：200-203.

董俊峰，赵春华. 国内劳伦斯研究述评. 外国文献研究，1999（2）：115-118.

冯季庆. 劳伦斯评传. 上海：上海文艺出版社，1995.

弗洛伊德. 爱情心理学. 林克明，译. 北京：作家出版社，1986.

弗洛伊德. 弗洛伊德后期著作选. 林尘，等译. 上海：上海译文出版社，2005.

弗洛伊德. 精神分析引论. 高觉敷，译. 北京：商务印书馆，1984.

福柯. 规训与惩罚：监狱的诞生. 刘北成，杨元婴，译. 北京：生活·读书·新知三联书店，2003.

福柯. 权力的眼睛——福柯访谈录. 严锋，译. 上海：上海人民出版社，1997.

福柯. 性史. 张廷深，林莉，范千红，等译. 上海：上海科学技术文献出版社，1989.

付忠. "生活"与"存在"——劳伦斯与海德格尔文艺思想比较研究. 理论探索，2016（6）：29-33.

傅光俊. 从"没落"走向新生的厄秀拉——浅议劳伦斯《虹》的哲学意义. 外国文学研究，1992（4）：21-26.

高速平. 劳伦斯的"完整自我"探析. 外国文学，2017（6）：41-48.

高万隆. 婚恋·女权·小说：哈代与劳伦斯小说的主题研究. 北京：中国社会科学出版社，2009.

高宣扬．福柯的生存美学．北京：中国人民大学出版社，2005.

庚镇城．生命本质的探索．上海：上海科学技术出版社，2004.

郭湛．主体性哲学——人的存在及其意义．北京：中国人民大学出版社，
　　2011.

海德格尔．存在与时间．陈嘉映，王庆节，译．北京：商务印书馆，2015.

韩桂玲．吉尔·德勒兹身体创造学研究．南京：南京师范大学出版社，2011.

何卫华．《查泰莱夫人的情人》：身体与伦理共同体．外国文学研究，2014
　　（3）：68-74.

赫尔曼．创伤与复原．施宏达，陈文琪，译．北京：机械工业出版社，2015.

黑格尔．精神现象学（上卷）．贺麟，王玖兴，译．北京：商务印书馆，1979.

黄俊杰．东亚儒家思想传统中的四种身体：类型与议题．孔子研究，2006
　　（5）：20-35.

吉登斯．亲密关系的变革——现代社会中的性、爱和爱欲．陈永国，等译．
　　北京：社会科学文献出版社，2001.

吉登斯．社会学．赵旭东，等译．北京：北京大学出版社，2003.

江润洁，韩淑芹．劳伦斯作品中的工业象征主义研究．山东社会科学，2017
　　（1）：169-174.

姜波．论劳伦斯的血性自然观．东北大学学报（社会科学版），2017（2）：
　　215-220.

蒋家国．"精神女人的雏形"——试论《白孔雀》中的莱蒂形象．外国文学研
　　究，2003（2）：102-106，175.

卡尔松．环境美学——自然、艺术与建筑的鉴赏．杨平，译．成都：四川人
　　民出版社，2006.

卡勒尔．罗兰·巴特．方谦，李幼蒸，译．北京：生活·读书·新知三联书店，
　　1988.

卡瓦罗拉．文化理论关键词．张卫东，等译．南京：江苏人民出版社，2006.

康德．纯粹理性批判．邓晓芒，译．北京：人民出版社，2004.

康德．判断力批判（下卷）．韦卓民，译．北京：商务印书馆，1964.

克默德．劳伦斯．胡缨，译．北京：生活·读书·新知三联书店，1986.

拉康. 拉康选集. 褚孝泉，译. 上海：上海三联书店，2001.

李碧芳. 本真的生命、诗意的生存——解读劳伦斯自然态的身体理念. 福州大学学报（哲学社会科学版），2013（2）：65-69.

李长亭. 劳伦斯小说《儿子与情人》中的家庭伦理叙事. 郑州大学学报（哲学社会科学版），2019（6）：79-84.

李春风. 劳伦斯小说的空间书写研究. 杭州：浙江工商大学出版社，2021.

李其维. "认知革命"与"第二代认知科学"刍议. 心理学报，2008（12）：1306-1327.

李汝城，路玉坤. 物我交流的载体——D. H. 劳伦斯小说的象征艺术研究之三. 山东社会科学，1998（2）：76-78.

利维斯. 伟大的传统：乔治·艾略特、亨利·詹姆斯、约瑟夫·康拉德. 袁伟，译. 北京：生活·读书·新知三联书店，2009.

列斐伏尔. 空间与政治. 李春，译. 上海：上海人民出版社，2008.

刘春芳. 劳伦斯生命观中的"酒神"精神. 天津大学学报（社会科学版），2008（6）：549-552.

刘洪涛. 荒原与拯救：现代主义语境中的劳伦斯小说. 北京：北京师范大学出版社，2020.

刘洪涛. 劳伦斯与非理性主义. 北京师范大学学报（社会科学版），2006（3）：41-48.

刘洪涛. 新中国 60 年劳伦斯学术史简论. 南京师范大学文学院学报，2013（4）：8-15.

刘洪涛，姜天翔. 新中国 60 年劳伦斯研究之考察与分析. 湖南大学学报（社会科学版），2013（4）：75-80.

刘爽. 解读戴维·赫伯特·劳伦斯作品的人本主义思想. 文艺争鸣，2014（3）：185-189.

刘宪之. 劳伦斯研究. 山东：山东友谊书社，1991.

龙其林. 为溃退的自然见证——D. H. 劳伦斯诗歌的生态叙事. 北方论丛，2012（4）：53-56.

陆凯华. 政治革命还是社会革命？——唯物史观视域下马克思对 1848 年革

命经验的总结 . 观察与思考，2020（12）：36-45.

罗婷 . 劳伦斯研究——劳伦斯的生平、著作和思想 . 长沙：湖南文艺出版社，
　　1996.

马尔罗 .《查特里夫人的情人》序言（1933）. 蒋炳贤，译 . // 蒋炳贤 . 劳伦斯
　　评论集 . 上海：上海文艺出版社，1995：57-61.

马克思 . 1844 年经济学哲学手稿 . 中共中央马克思恩格斯列宁斯大林著作编
　　译局，编译 . 北京：人民出版社，2000.

马克思，恩格斯 . 马克思恩格斯全集（第 42 卷）. 中共中央马克思恩格斯列
　　宁斯大林著作编译局，编译 . 北京：人民出版社，1979.

马克思，恩格斯 . 马克思恩格斯选集（第 4 卷）. 中共中央马克思恩格斯列
　　宁斯大林著作编译局，编译 . 北京：人民出版社，1995.

马迎辉 . 家与存在：一项现象学的研究 . 哲学动态，2019（3）：85-93.

马元龙 . 雅克·拉康——语言维度中的精神分析 . 北京：东方出版社，2006.

迈耶斯 . 劳伦斯传 . 朱云，译 . 南京：南京大学出版社，2020.

麦金太尔 . 伦理学简史 . 龚群，译 . 北京：商务印书馆，2003.

孟凡生 . 身体意识与身体美学的批判性 . 广西师范学院学报（哲学社会科学
　　版），2016（1）：151-156.

米切尔 . 妇女：最漫长的革命 . 陈小兰，葛友俐，译 // 李银河 . 妇女：最漫长
　　的革命——当代西方女权主义理论精选 . 北京：生活·读书·新知三联
　　书店，1997：8-45.

莫其逊 . 从身体到心灵——当代身体研究与性别批评 . 北京：人民日报出版
　　社，2016.

莫少群 . 20 世纪消费社会理论研究 . 北京：社会科学文献出版社，2006.

尼采 . 悲剧的诞生 . 周国平，译 . 北京：作家出版社，2013.

尼采 . 查拉斯图拉如是说 . 尹溟，译 . 北京：文化艺术出版社，1987.

尼采 . 论道德的谱系 . 朱红，译 . 北京：生活·读书·新知三联书店，1992.

尼采 . 尼采读本 . 周国平，译 . 北京：新世界出版社，2010.

尼采 . 偶像的黄昏 . 周国平，译 . 北京：光明日报出版社，1996.

尼采 . 权力意志（上下卷）. 孙周兴，译 . 北京：商务印书馆，2020.

尼采. 权力意志：重估一切价值的尝试. 张念东，凌素心，译. 北京：中央编译出版社，2000.

尼采. 苏鲁支语录. 徐樊澄，译. 北京：商务印书馆，1997.

倪梁康. 现象学及其效应. 北京：生活·读书·新知三联书店，1993.

聂珍钊. 文学伦理学批评：伦理选择与斯芬克斯因子. 外国文学研究，2011（6）：1-13.

聂珍钊. 文学伦理学批评导论. 北京：北京大学出版社，2014.

牛莉. 在解构中重建和谐的曙光——从生态女性主义视角解读《查泰莱夫人的情人》. 西安外国语大学学报，2014（3）：104-108.

漆以凯. 荒原启示录——论《恋爱中的女人》. 外国文学研究，1997（4）：87-90.

萨尔多加. 劳伦斯导读. 蒋明明，译. 北京：北京大学出版社，2005.

色诺芬. 回忆苏格拉底. 吴永泉，译. 北京：商务印书馆，2017.

舒斯特曼. 身体意识与身体表现：东西方的身体美学. 王辉，译. 烟台大学学报（哲学社会科学版），2013（4）：1-9.

舒斯特曼. 生活即审美——审美经验和生活艺术. 彭锋，等译. 北京：北京大学出版社，2007.

孙英馨. 沈从文与劳伦斯的生命价值书写比较研究. 长春：吉林大学，2013.

索伦森. 悖论简史：哲学和心灵的迷宫. 贾红雨，译. 北京：北京大学出版社，2007.

泰勒. 福柯：关键词概念. 庞弘，译. 重庆：重庆大学出版社，2019.

汪民安. 尼采与身体. 北京：北京大学出版社，2008.

汪民安. 身体、空间与后现代性. 南京：江苏人民出版社，2015.

汪民安，陈永国. 后身体：文化、权力和生命政治学. 长春：吉林人民出版社，2011.

汪民安，陈永国. 身体转向. 外国文学，2004（1）：36-44.

汪志勤. 向着死亡的存在——劳伦斯《骑马出走的女人》评析. 国外文学，2011（4）：142-149.

汪子嵩，范明生，陈村富. 希腊哲学史（第一卷）. 北京：人民出版社，

1988.

汪子嵩，范明生，陈村富．希腊哲学史（第二卷）．北京：人民出版社，
1997.

王曾澄．读劳伦斯——译序 // 萨嘉．被禁止的作家：D. H. 劳伦斯传．王曾
澄，译．沈阳：辽宁教育出版社，1998：译序 1-5.

王德军．自然人·社会人·文化人——论人的生存特性与生存使命．河南大
学学报（社会科学版），2006（6）：69-73.

王晓红．论美国社会女性社会角色的嬗变．西安外国语学院学报，2006（3）：
94-97.

王玉珏．权力话语与身体的物质化——朱迪斯·巴特勒的女性主义系谱学研
究．西南大学学报（社会科学版），2015（3）：19-25.

王正文，程爱民．试论《逾矩的罪人》的社会意义及创作特色．外国文学研
究，1998（3）：53-54.

沃森．劳伦斯：局外人的一生．石磊，译．上海：上海书店出版社，2012.

吴兰丽．劳动、时间与自由——马克思的社会时间的理论逻辑．哲学动态，
2013（10）：17-22.

吴阳，刘立辉．规训、异化与反抗——劳伦斯短篇小说中的身体叙述．世界
文学评论，2011（1）：118-120.

伍厚恺．寻找彩虹的人——劳伦斯．成都：四川人民出版社，1998.

希林．身体与社会理论．李康，译．北京：北京大学出版社，2010.

谢纳．空间生产与文化表征——空间转向视域中的文学研究．北京：中国人
民大学出版社，2010.

徐崇亮．D. H. 劳伦斯的叙事风格——读《上尉的偶像》．外国文学研究，
1998（3）：48-52.

徐崇亮．爱与死的审美意境——《恋爱中的女人》形式论．外国文学研究，
1992（3）：17-21.

徐崇亮．《白孔雀》的现实主义特征．上海师范大学学报（哲学社会科学版），
1990（3）：65-69.

亚里士多德．灵魂论及其他．吴寿彭，译．北京：商务印书馆，1999.

亚里士多德 . 尼各马可伦理学 . 廖申白，译注 . 北京：商务印书馆，2003.

杨大春 . 身体的神秘——20 世纪法国哲学论丛 . 北京：人民出版社，2013.

杨儒宾 . 儒家身体观 . 上海：上海古籍出版社，2019：9.

叶浩生 . 具身认知：认知心理学的新取向 . 心理科学进展，2010（5）：705-710.

衣俊卿 . 文化哲学 . 昆明：云南人民出版社，2001.

詹姆斯 . 心理学原理 . 方双虎，等译 . 北京：北京师范大学出版社，2019.

张炳飞 . 劳伦斯小说中人物的自然隐喻 . 江淮论坛，2008（2）：140-143.

张德明 . 从岛国到帝国——近现代英国旅行文学研究 . 北京：北京大学出版社，2014.

张德明 . 西方文学与现代性的展开 . 北京：中国社会科学出版社，2009.

张金凤 . 身体 . 北京：外语教学与研究出版社，2019.

张静 . D. H. 劳伦斯的动物哲学 . 云南师范大学学报（哲学社会科学版），2012（1）：152-156.

张静 . 欢愉的身体——罗兰·巴特后十年思想研究 . 北京：人民出版社，2017.

张林，刘须明 . 人体·人性·自然——劳伦斯绘画艺术探微 . 艺术百家，2014（2）：180-185.

张琼 . 杰拉德之死本质探 . 外国文学研究，2014（2）：117-124.

张玮玮 . D. H. 劳伦斯文学批评中的生态意识研究 . 文艺争鸣，2014（8）：165-169.

张再林 . 作为身体哲学的中国古代哲学 . 北京：中国社会科学出版社，2008.

赵春华 . 现代人的抗争——评《白孔雀》的象征意义 . 小说评论，2012（2）：82-85.

郑达华 .《白孔雀》——劳伦斯哲学探索的起点 . 浙江大学学报（人文社会科学版），2001（5）：43-49.

郑达华 .《儿子与情人》并非是对俄狄浦斯情结的解释 . 浙江大学学报（人文社会科学版），2000（2）：143-148.

郑达华 . 歌颂死亡——论劳伦斯的晚期诗歌 . 外国文学，2004（5）：98-101.

郑富兴. 从习俗伦理责任到道德责任——西方责任伦理思想的现代性变迁.
　　伦理学研究，2011（3）：47-51.

周与沉. 身体：思想与修行. 北京：中国社会科学出版社，2005.

朱卫红. 劳伦斯的男性身体崇拜. 外国文学研究，2002（4）：96-98.

庄陶. 在性爱神话后面：劳伦斯的阶级认同危机. 当代外国文学，2001（1）：
　　145-152.

庄文泉. 从《白孔雀》对自然的描写看劳伦斯的生态思想. 福建农林大学学
　　报（哲学社会科学版），2011（5）：106-109.

索 引